I0640252

Sobre destinos, ciudad y Dios

ARS
COMMUNIS
EDITORIAL

Sobre destinos, ciudad y Dios

Cuentos

Bernardo Navia

ARS
COMMUNIS
COLECCIÓN RIOLAGO

Sobre destinos, ciudad y Dios
Bernardo Navia

ISBN 13 978-0997289053
ISBN 10 0997289058

Director de colección Ríolago: Fernando Olszanski

Imagen de portada: www.shutterstock.com

Sobre destinos, ciudad y Dios

Por extraño que parezca...

Notas sobre Destinos, ciudad y Dios, de Bernardo Navia

Hacia el final de una época inexorable, decisiva, llegaba a los extramuros de Temuco, al sur de Chile, al sur del mundo, un joven desgarbado y alto, de ojos claros y hablar pausado. Un sujeto de otro tiempo, ya en aquel entonces, que venía desde un punto inmanejable, inconfundible en su entorno y caos, como es la ciudad de Concepción. Había nacido en Chillán y vivido en Punta Arenas. Luego de Temuco viajaría hasta Puerto Rico, para anclar este periplo, hasta hoy, en la entumecida ciudad de Chicago. Dueño de una templada visión poética y social, declaró, ya desde esa época hacia el futuro, su firme convicción en la escritura. Los años han pasado, lugares y anécdotas se han sumado hasta llegar a estos *destinos, ciudades y dios,* un libro recopilatorio que invita a la connivencia ya desde la primera línea.

Un juego de imágenes que subvierte en sonido, en reiteración, como una radio abandonada en un desierto de nieve, que refrenda imágenes, sonidos y palabras sueltas. Una entrada legítima desde la versión poética de la narrativa, desde la reinterpretación histórica de un relato, un mito o una certeza. La constante reinversión de los papeles requiere la intervención de un lector activo, basado en suposiciones y efectos de cadena. Así, el relato intuye su final; una cosa lleva a la otra y a otra hasta que el final es el origen. Esto es, probablemente, algo que entendemos quienes hemos tenido creencias intangibles, es decir el universo: no existe acción sin reacción. Relación unívoca en su semántica inicial, cuyo reverso, o movimiento en sentido contrario, es puesto acá, en estos relatos, de manifiesto.

El rasgo autobiográfico se ve desde el comienzo, o *fundación*, debiéramos decir, en la ciudad, en la realidad aparente, en la sorpresa que inquieta o reafirma -en la sospecha- el aspecto extraterreno. Desde aquel epígrafe en clave de invocación divina, el autor nos devuelve el ánimo, la extremaunción y la fe en nada. Estos son personajes solos que interactúan, en consecuencia, de manera esquiva. Sujetos que se sienten observados, torpes, ajenos; se sienten *otros*. «Yo soy otro», podría haberse titulado esta colección, ante la certeza biográfica de habitar un lugar intermedio entre el país de origen y el putativo. Lugar eterno, no totalmente incómodo, tampoco cómodo: *¿Tú crees? ¿Te acuerdas?*, apela incesantemente el narrador, haciendo explícito el intento de un diálogo que resulta, desde siempre, imposible.

Para Louis Vax el relato fantástico se presenta con la presencia de un hombre común que se enfrenta, de manera súbita, ante un fenómeno inexplicable. Dostoievski agrega que no se debe romper nunca el enigma que mantiene al lector dudando de los orígenes de la ruptura con la legalidad. Bernardo Navia, en esta colección, cumple con ambas dimensiones: un fenómeno sin explicación y un acuerdo que se mantiene en constante interferencia, en un cambio de frecuencia, en un salto al vacío. Hay en esta narrativa la expresión de que en todo código de realidad existe un punto de inflexión, una interpretación individual. En definitiva, una necesaria desconexión.

Este libro tiene que ver con ciudades, dialectos y formatos a los que hay que acomodarse, saliendo del origen, buscando algo, lo que sea. Tiene que ver con destinos, con el cambio de rumbo, un golpe de timón que altera el orden y el(los) sentido(s) por completo; cuando la historia nos lleva por un lado, aparece el artilugio que nos desorienta y nos reubica en una realidad distante, paralela o, también, la misma. Tiene que ver con Dios, como un reclamo, una incerteza, una exploración. Siempre existen dos lados y un alguien que cruza en un sentido u otro. Cito: «...puede muy bien existir un ser que [...] logre surcar la distancia que separa ese lado de este» ("Inquina").

El autor, cual personaje narrado por sí mismo, parece estar fuera de este mundo, o pretender estarlo, al menos, en un estado de extrañeza propio, *real*, en el que el objeto excepcional linda en lo grotesco, trágico o demencial. De alguna manera, se nos invita a este paseo por el *borde peligroso de las cosas*, un domingo por la tarde, por ejemplo, cuando el autor y maquinador fundamental, acaso ya no el único, duerme la siesta, en su casa, tranquilamente junto a sus hijos.

CARLOS ALMONTE
Santiago de Chile, octubre 2017

ÍNDICE

DESTINOS

El humor de las Moiras

El día de ayer García había decidido dejar de fumar y esta mañana quiso escribirlo en su diario de vida. Se sentó a hacerlo y, sin pensarlo por supuesto, arrojó por la ventana una lata vacía de cerveza que también había encontrado ayer tirada al lado de su puerta y que había colocado sobre su mesa. El diseño, para él nuevo, le había parecido único (no se detuvo a pensar por qué exactamente) y, contra todo escrúpulo, decidió guardarla. De modo que cuando arrojó por la ventana la lata, ésta llevada por el viento (García vive en un séptimo piso), golpeó el cristal de un taxi que pasaba. El conductor, al reaccionar asustado ante tan inesperado golpe, desvió el taxi hacia la acera hasta estrellarlo contra la vitrina de una cafetería suiza. El accidente hizo que los cristales de la vitrina saltaran en mil pedazos y varios de ellos fueron a insertarse en los ojos de Omar, desgarrándoselos. Éste había entrado a beber un café y a reflexionar sobre la gran ironía de la cual se había enterado el día de ayer también: Don Manuel, el dueño de aquel almacén ubicado no muy lejos del edificio de departamentos donde vive García, había sorprendido a un adolescente bebiendo sin pagarla una de las latas de cerveza de las que vende. El muchacho, lata en mano, salió corriendo cuando Don Manuel intentó increparlo. Éste lo siguió. El adolescente, mucho más joven y rápido que Don Manuel, pronto se le perdió de vista; de modo que cuando el muchacho se dio cuenta que el dueño del almacén ya no lo alcanzaría, se sentó en uno de los escalones que conducen a la puerta del edificio donde vive Javier y se dispuso a acabar del todo la cerveza. Nunca se enteró de que a Don Manuel el corazón le falló (debido, seguramente, al súbito esfuerzo). De la ironía se enteró Omar ayer mismo, cuando la viuda de Don Manuel se lo dijo: si el corazón no le hubiera fallado, siendo un fumador empedernido, el cáncer que ya había hecho metástasis en ambos pulmones se hubiera encargado de arrebatárselo a ti, Omar y a García también que tanto cariño le han tomado a mi Manuel, por Dios santo, sollozó la inconsolable viuda; de modo que Omar se apresuró a contárselo a García más tarde y pasó el resto del día de ayer haciendo sus quehaceres y diciéndose que al otro día reflexionaría y, junto a una humeante taza de café, seguramente escribiría algo sobre esa triste ironía de la vida, maldita sea. Fue en ese momento entonces que, impresionado por la noticia como estaba, García prometió dejar de fumar.

—Mañana mismo empiezo—, dijo. —Es más, voy a apuntarlo en mi diario.

—No podrás dejarlo, Garci—, le contestó cariñosamente

Omar. —También eres un fumador empedernido. Tendría yo que quedarme ciego, ¡paf!; así, de golpe, como si de súbito algo me desgarrara los ojos, para no verlo", bromeó Omar a manera de despedida el día de ayer.

Sin tregua

lunes 4 de febrero

Hoy no fui a trabajar. No tanto porque no me siento muy bien (de un tiempo a esta parte me acometen inusuales dolores de cabeza), sino porque amanecí con fiaca. Ya sé que no es un buen pretexto. O, al menos, un pretexto que no produzca escándalo. Pero no sé, simplemente abrí los ojos y, casi instantáneamente, me sobrevino una fiaca atroz. Me quedé retozando un rato en la cama hasta que el reloj dio las siete. "Aún alcanzo a llegar a tiempo", recuerdo que pensé. Afortunadamente vivo cerca de la oficina. En mi coche son como veinte minutos, máximo, con tráfico; caminando es sólo un poco más. Pero simplemente no tenía ni fuerzas para acomodar las colchas que estaban en completo desorden sobre mí. Mi madre siempre dijo que de todos mis hermanos yo era el que menos se movía para dormir. Uno de ellos, Pedro, era sonámbulo. Recuerdo que uno de mis más terribles miedos de niño era despertar en plena noche y encontrármelo parado al pie de mi cama (hecho que en efecto ocurrió varias veces) silencioso, profundamente silencioso y mirándome fijo. Es decir, mirándome no, porque a pesar de que tenía los ojos abiertos, él no miraba a nadie. O, mejor dicho, sí miraba, pero miraba más allá de todo; con los ojos bien abiertos, absortos en esa blandura pegajosa de los sueños. Y yo estaba convencido de que me miraba al rostro como si en mí se hubiera operado un cambio horrible durante la noche y Pedro no pudiera, de puro terror, despegar sus ojos de mí. Esos ojos como de muerto despierto. Recuerdo que yo siempre gritaba asustado para que viniera mi madre a buscarlo y ella, claro, me regañaba porque creía firmemente que despertar bruscamente a los sonámbulos podría acarrearles consecuencias fatales. De modo que esta mañana, cuando vi aquel desorden de las colchas en mi cama, pensé que habría tenido un mal sueño, o una pesadilla y que me habría estado revolviendo mucho durante la noche. Claro que luego se me ocurrió que no recordaba nada de lo que había soñado, lo que me sorprendió porque estoy seguro de que las pesadillas están hechas de algún material que las hace atrozmente resistentes al olvido.

Cuando el reloj despertador marcó las ocho hice un esfuerzo y me levanté para llamar a la secretaria y notificarle de mi ausencia. "Estoy enfermo", le dije cuando levantó el auricular del otro lado de la línea. "Es decir; enfermo, no. Pero ayer me lastimé la espalda y hoy apenas me puedo mover". Me reí para mis adentros. No sé por qué tuve que inventar la segunda mentira, aunque en realidad el decir que estaba enfermo no era una mentira del todo porque sí me sentía mal (pero no tanto como para no ir a trabajar). Era, ya lo he dicho, pura y simple fiaca. A sus deseos de pronta mejoría y un par de recomendaciones medicinales ("a su edad le es imposible no dar consejos", recuerdo que pensé. La señorita María es viejísima y supongo que se ha de sentir un poco abuela de todos nosotros allá, en la oficina), decía que a sus deseos de pronta mejoría yo le contesté que ya tenía en mi botiquín alguna medicina afín y después, tampoco sé por qué lo hice, señalé algunos detalles del motivo de la supuesta dolencia. "Me debí haber torcido la espalda cuando empujaba el piano de la sala", seguí mintiendo. "¿Que por qué lo estaba empujando?... bueno, no sé. Usted se va a reír pero me pareció que el piano se había movido de su sitio un poquito y yo quise ponerlo nuevamente en su lugar..." Pensé que ya era demasiado. Sin embargo algo me impulsaba a decir semejantes barbaridades. Finalmente la señorita María colgó encargándome mucho descansar bastante y hacerme en la espalda friegas con *mentholatum*. Después de colgar a mi vez, apoyé la espalda sobre el respaldo del sofá y sonreí un tanto incómodo.

Ya es de noche y todavía me siento fatigado. Me la pasé acostado preparando los reportes que tengo atrasados. No avancé casi nada. Me duele un poco la cabeza.

miércoles 6 de febrero
Curioso. De niño hubo veces que tuve que quedarme en cama y no ir a la escuela porque me acometían terribles bronquitis. Claro, a pesar de la fiebre y la tos, siempre era

agradable quedarse en casa. Recuerdo que, metido en cama, sudando de fiebre y con las colchas subidas hasta las orejas, me embargaba una extraña zozobra en la quietud de la casa. Sin la presencia majadera de mis hermanos menores, sin los ágiles pasos de mi padre por las escaleras, sin las risas, ni las voces a la hora de la cena la casa adquiría otra dimensión. O más bien, el silencio que se metía por todos los rincones le insuflaba a la casa una identidad distinta, una esencia diferente. No lo sé. Desde mi posición miraba el escritorio de mi hermano y sus libros parecían no ser sus libros de siempre. Miraba hacia mi clóset (ahora que lo pienso sería por la fiebre producida por la bronquitis) y se me figuraba que la ropa que mi madre había puesto allí la tarde anterior ahora era distinta. (Recuerdo a mi madre pisando con cuidado por entre las diminutas avenidas de la ciudad de bloquecitos plásticos que con mis hermanos habíamos construido en el piso de nuestro cuarto). Sí, yo miraba hacia mi clóset y esa ropa se me antojaba distinta. Algo les sucedía a las cosas diarias sin las manos nuestras sobre ellas. Algo fundamental les ocurría en el silencio de la mañana y de las tempranas horas de la tarde. Yo habría jurado entonces que hasta el disciplinado orden con que mi madre guardaba nuestras camisetas, por ejemplo, se veía alterado. El silencio que reinaba en la casa parecía infundir vida a las cosas inmóviles. Una extraña inquietud me invadía entonces. Inquietud que nunca pasaba más allá porque detrás de esa blandura, de ese vivir callado de las cosas muertas, siempre alcanzaba a escuchar la voz de mi madre cantando mientras preparaba el almuerzo allá abajo, en la cocina. Y eso, recuerdo, el saber su presencia, el oír su canto, como arrullo conciliador, que brotaba suavemente de su garganta casi al mismo tiempo que el aroma del guisado, me tranquilizaba lo suficiente como para cerrar los ojos y dormir y sudar la fiebre.

Curioso. Esta tarde he acabado por recordar todos esos momentos que creía olvidados. Debe ser el silencio que reina en la casa durante el día.

sábado 9 de febrero

A pesar de no haber ido a trabajar en toda la semana no puedo avanzar con estos reportes. Ya debieran estar listos pero no lo están. Me quedan dos semanas para terminar todo el trabajo. El nuevo jefe es muy exigente y ya me ha pedido que le envíe una nota médica explicando mi ausencia, que si no... Maldita señorita María, yo le había por favor que todavía no dijera nada en la oficina.

Me siento cansado y con dolor de cabeza, que me comenzó después que estuve acomodando un poco la sala. Como me lo pasé toda la semana en cama (esta fatiga que no se me va) no había notado el desorden en los anaqueles de los libros ni el polvo acumulado sobre los muebles de la sala. Hoy limpié y organicé todo. Mañana haré lo propio con mi despacho.

También estuve practicando un poco en el piano. Es curioso todo lo que he hecho y sin embargo todavía tengo fiaca. Todo el día siento como si estuviera medio dormido. ¿Tendré que ver a un médico?

martes 12 de febrero
Quizás para tranquilizarme me volví a sentar al piano. Por el exceso de trabajo es normal que la gente sienta fatiga de ir a trabajar. Por eso mismo es normal entonces que uno olvide las cosas. El cenicero de porcelana china (tiene un grabado al centro: un hermoso edificio oriental asentado entre majestuosas montañas. Yo bauticé al cenicero a plagio limpio. Lo llamo Horizontes Perdidos); bueno, decía que este cenicero contenía dos colillas de cigarrillo. Me parece que no sólo olvidé limpiarlo cuando hice el aseo de la sala el otro día no más, sino que además no sacudí el polvo acumulado sobre el piano porque éste se extendía por toda la tapa, con la excepción de un pequeño círculo limpio próximo al cenicero. Señal de que moví a Horizontes Perdidos de su sitio durante el sábado. No me explico por qué no sacudí el polvo ni tiré las colillas.

El silencio de esta casa ya no está limpio. Ayer por la mañana escuché un leve ruido en la sala, como un arrastrar de algo. ¿Ratones? Tendré que llamar al exterminador. Sigo con fiaca y no siento ganas de escribir más hoy.

miércoles 13 de febrero
Son las tres de la mañana. Me desperté sobresaltado. Acabo de recordar (¿o lo recordé soñando? ¿Es posible eso? ¿Es posible *recordar* las cosas de este lado mientras se está en aquél, el de los sueños?), decía que acabo de recordar que hace más de dos meses que ya no fumo, y sin embargo hace sólo cuatro días que hice el aseo general. Las colillas *no pudieron* haber estado tanto tiempo en el cenicero. Lo sé. Me conozco.

Soy un obsesionado con la limpieza. Es imposible. Me siento absurdamente intranquilo. Pero no sé muy bien por qué.

viernes 15 de febrero

Por muy grande que sea una rata no podría nunca mover de su sitio el grueso Diccionario Enciclopédico Espasa 1 que me regaló Christian. Ayer, apenas volví a oír el ruido proveniente de la sala, me levanté de la cama (cuando moví las sábanas, me pareció —por un instante solamente— que la textura de la tela era diferente, que los hilos se habían, ¿cómo decirlo? engrosado. Fue sólo un instante) y corrí a la sala. El diccionario no estaba en su sitio. Se apoyaba medio caído justo al borde del anaquel. Lo volví a acomodar bien (ya lo había hecho ayer) y cuando volteé vi que Horizontes Perdidos tampoco estaba en su sitio: el círculo limpio de polvo, cuyo diámetro corresponde exactamente al del cenicero (lo medí para estar seguro), se ubicaba al lado de éste y no debajo de él.

Tengo miedo. Absurdo, como suena, pero terrible, empiezo a notar que las cosas muertas están vivas, de alguna forma.

Los de la oficina me han dado un ultimátum: ya han perdido bastante dinero con la ausencia de mis reportes (no les he dicho —no lo sabrán nunca— que se han extraviado por la casa los dos informes más importantes), de modo que o me presento a trabajar el lunes o pierdo el empleo.

Volví a recordar mis ataques de bronquitis de la niñez. ¿Cómo era la melodía que cantaba mi madre?

Ahora es de madrugada. Lo adivino por los rumores que vienen de la calle. Temblando, desearía con toda mi alma que esos rumores fueran más fuertes que los que provienen ahora mismo del comedor o la sala. No lo sé. Agudizo el oído. El ruido viene de la sala. Las cosas se arrastran por el piso nuevamente. Tengo terror.

lunes 25 de febrero

Ayer quemé las sábanas. Me costó trabajo. Ya no eran las sábanas de hilo de siempre, sino que se habían vuelto de un material parecido al hule y se resistieron durante largo rato al fuego. Las empapé en gasolina, pero cada vez que les acercaba un fósforo encendido, éstas se alzaban por las puntas, Dios mío, retorciéndose y retrocediendo de manera horrible. O si no, las puntas crispadas se alzaban y bajaban con violencia produciendo una brisa que apagaba el fuego.

miércoles

Esta mañana Horizontes Perdidos se suicidó delante de mí: se movió hacia el borde del piano y se lanzó al piso de baldosas. Fue entonces que los libros sacudieron sus lomos en los anaqueles y el ropero crujió con un ronquido horrible. No quiero pensar en nada.

viernes de mañana

Los muebles se tuercen delante de mí. Es como si se encogieran de dolor. Me cuesta escribir: el lápiz se dobla a intervalos y me apresa los dedos. Debo sacudirlo enérgicamente para que vuelva a su rigidez. Las hojas de este diario se repliegan y se enroscan de dolor cuando las punzo con el lápiz.

por la noche

Intenté hace un momento abrir la puerta de casa (necesito, con urgencia, ir a la tienda. Hace dos días que vacié la nevera). La perilla se expandió, inasible, como una bola de mercurio, al contacto con mi mano. Las ventanas se niegan a ser abiertas. No podré salir de mi casa.

sábado o domingo

He vomitado de puro miedo. Ayer el piano se metió a duras penas al baño y se encerró allí. Y esta mañana me despertó un gruñido proveniente de la cocina. No había nada, pero enormes excrementos cubrían el piso de la cocina.

otra noche

Dios mío, Dios mío, Dios mío, Dios mío, Dios mío, Dios mío, Dios mío, Dios mío.

de mañana

No quiero, no puedo, salir de mi cuarto... no sé ni por qué escribo ya... la sed me enloquece... tengo mucha hambre... se acabaron las golosinas que guardo en el cajón de mi velador... mi cuarto lleno de vómitos y excrementos... me quema la sed... y esa cosa que sé que anda por ahí porque la oigo gruñir…

de noche

Ya está. Se deshizo la puerta de mi cuarto. Y sé que lo hizo a propósito. Desde aquí alcanzo a ver parte de la sala: está vacía. Imagino que el resto de la casa también. Es esa cosa que se ha comido todo. Sólo veo, entre enormes bostas de excremento, astillas baboseadas, papel masticado y las ruedas de bolas de bronce del piano. No puedo ver más. No quiero ver más. No quiero dejar mi cuarto, aunque sólo sea, sin puerta, un falso refugio; aunque sólo me haya quedado este pedazo de papel para escribir que no debí haber violado el silencio de una casa durante el día. Que los espacios no son todos nuestros.

Ahora mismo

Curioso. Ya no tengo miedo. Se me fue así, ¡paf!, de golpe. Ahora sólo intento terminar de escribir esto. Ahora, que acabo de ver esa esa cosa horrible que está allí, ocupando mi espacio y que me ha visto y que viene hacia mí; ahora solo intento inútilmente recordar la melodía que conjuraba entre dientes mi madre, cuando éramos niños, para que no se despertaran las cosas muertas de la casa silenciosa cuando se quedaba ella sola allí.

Revelación definitiva

"Esto es ridículo", pensó Ramiro cuando Salazar, el jefe de enfermeros, se marchó de la habitación luego de informarle que a sus amigos se les hacía imposible acudir a visitarlo. "Es absurdo, mierda. Por más trabajo que tengan o por más lejos que esté localizado este hospital de mierda, cómo es posible que no puedan venir a visitarme. Es absurdo".

Lo cierto es que a Ramiro Benítez, paciente del cuarto 88, no lo habían visto sus amigos desde que fue llevado de emergencia al hospital luego que fuera atropellado violentamente por un autobús cuando se encontraba caminando por un sector de la ciudad casi desconocido para él. Quizás lo que más exasperaba a Ramiro no era el hecho de que nadie lo hubiera ido a visitar todavía, sino el que le hubieran hecho llegar flores. "Si hasta parece una burla", pensó una tarde en la que Salazar (quien se encargaba de traerlas) acomodaba un nuevo ramo en su atestado cuarto, "los malagradecidos ni se asoman por aquí pero, eso sí, no les molesta gastar en enviar flores".

—Mira, Ramiro; estas cosas a veces suceden. No te preocupes—, le dijo Salazar la tarde en que él le manifestó su inquietud porque ya habían pasado varios días desde el accidente y, aunque ya se encontraba en franca recuperación, aún no había ido nadie a verlo.

Ramiro guardó silencio e intentó de veras no darle mucha importancia al hecho de que Salazar le hablaba y lo miraba en forma rara, casi como, le pareció a él, si no le fuera apropiado hablarle. "Lo que faltaba", alcanzó a pensar Ramiro, "que este imbécil se ponga con estupideces ahora..."

—...Además debes pensar—, le decía Salazar, aunque ahora sin mirarle directamente a los ojos, dato que Ramiro prefirió (se forzó a) ignorar, —que este hospital está bastante retirado del sector de la ciudad en donde tú te desenvolvías; la locomoción pública por aquí es más que mala; la gente prefiere llamar o enviar mensajes. A propósito, ¿abriste ya tu cuenta? Acuérdate de mi consejo: es posible que necesites mensajería para tener contacto con tu gente. Eso sí: el sistema aquí es diferente; así que tendrás que pedirle ayuda a nuestros técnicos para que te ayuden a familiarizarte con él. "Pero, ¿es un chiste o qué lo que este imbécil me está diciendo?", se preguntaba ofuscado Ramiro, mirando las desconocidas y desiertas calles locales a través del cristal de su habitación, "los muchachos del bar ya debieran estar aquí o por lo menos los imbéciles de la oficina".

Lo cierto es que nadie llegaba y a Ramiro le llegaban de forma escueta los recados de los amigos, cuando Salazar pasaba por su cuarto para entregárselos: *Ramiro, hermano, te extrañamos; amigo, estamos rezando por ti;* o aquellas otras de *Ramiro, haces falta en el barrio y en el bar, hermano;* de modo que, aún a su pesar, un día se sorprendió a sí mismo intentando enviar un mensaje a alguno de los muchachos del bar. Como no conocía el sistema, sus intentos se frustraban, exasperándolo nuevamente. "Pero qué mierda estoy haciendo", rezongaba, "esto es un hospital, no una cárcel. La gente puede venir. *Tiene* que venir" y se dirigió al piso en donde estaban ubicadas las cabinas telefónicas para intentar hablar a su departamento o a su oficina. "¿Por qué no pensé en esto antes?", se preguntó. "Bueno, como sea. Alguien me va a tener que escuchar, mierda. Ahora que estoy jodido en el hospital me dejan solo pero cuando estoy bien Ramiro aquí y Ramiro allá; Ramiro precioso préstame dinero, te lo devuelvo mañana; Ramirito lindo, llévame en tu coche a tal lugar. Cretinos de mierda. Ahora se van a enterar de quién soy yo. Sólo ramos de flores, mierda. ¡Después que no tengan cara para pedirme favores!".

Tan ofuscado caminaba Ramiro y tan enojado estaba, que al principio no lo notó pero de pronto se dio cuenta de que la sala de espera, que quedaba al lado de las cabinas telefónicas, estaba desierta, "algo inaudito en una sala de espera de hospital", pensó. Un inmenso cartel de *Lo sentimos. Teléfonos fuera de servicio* que colgaba del dintel de la puerta de la sala de cabinas, vino a completar la absurda escena. Un extraño escalofrío le recorrió la espalda cuando se fijó en el polvo que cubría las paredes y las bombillas de luz del pasillo. Se aturdió medio segundo cuando cayó en la cuenta de que un profundo y pesado silencio lo envolvía todo y que el eco de sus pisadas resonaba hasta muy lejos. Alcanzó a pensar que *nunca* había visto más gente en el hospital que los de *siempre:* enfermeras, enfermeros y auxiliares siempre muy ajetreados; médicos algo fríos y distantes; los mismos terapistas de siempre, los mismos empleados de todos los días; pero nunca nadie que evidentemente fuera una visita; "mierda", alcanzó a pensar, "aunque he escuchado las ambulancias ni siquiera he visto una". Y justo cuando comenzaba a sentir el mismo desasosiego que se siente en las pesadillas, justo cuando comenzaba a notar que la música ambiental era exactamente *la misma* que venía oyendo desde hacía ya muchos días; vio, acercándosele por el pasillo, a Salazar cuya bata blanca parecía resplandecer más que nunca.

—¿Qué carajo pasa aquí, Salazar?— La voz que formuló la pregunta estaba cargada de miedo y extrañamente no sonó como la suya. La respuesta de Salazar (que llegó a Ramiro como flotando desde otra dimensión) se quedó resonando en sus oídos para siempre:

—Ya venía siendo hora que preguntaras, ¿sabes? Pasa que estamos muertos, Ramiro.

La vez que Agapito sudó

—No es posible—, dijeron los demás niños del barrio. —No es posible. Tiene que haber algún modo, no puede ser que nunca sude; creo que debemos ayudar de alguna manera, tal vez se enferme si no logra sudar, aunque sea un poquito. Y así era. Mi amigo, Agapito del Carmen Rodríguez Rodríguez nunca, nunca sudaba. Aunque corriera por millas, o aunque estuviera, si así pudiera, las veinticuatro horas del día bajo el sol, nunca sudaba. Jamás.

Pero si he de ser sincero me parece que esto no era un gran problema para mi amigo porque, según me dijo él mismo un día:

—Bernardo, ¿qué mejor que no ensuciar ropa, o que no oler mal, o no tener mucha sed, o que no andar con la incómoda sensación de pegajosidad que da el sudor sobre la piel?

La mayoría de las veces Agapito agradeció el hecho de no tener que bañarse y poder dormir cómodamente bajo las sábanas, mientras los demás muchachos nos dábamos vueltas y más vueltas tratando de conciliar el sueño en las calurosas noches tropicales de Mayagüez.

'La mayoría de las veces', porque hubo ocasiones sin embargo en que Agapito se sentía un poco fuera de lugar por poseer esas características tan secas de sus fuentes. Permítanme continuar recordando.

El tiempo no detiene su marcha y las cabezas de los compañeros de Agapito crean callosidades de tanto pensar en la forma de hacerlo sudar: lo obligan a correr hasta que el pobre cae sin sentido del puro agotamiento, entonces van hasta donde yace medio desmayado y lo palpan por todas partes, hasta en sus resquicios más íntimos, donde seguro han de encontrar aunque sea una minúscula gota de sudor, buscan, buscan, pero nada. Se miran entre ellos desilusionados. ¿Cómo es posible? Ni un poquito siquiera.

En otra ocasión, recuerdo, lo fuerzan a permanecer todo el día bajo el sol abrasador que doraba las arenas de esa playa en Rincón. Por la noche corren con él a un hospital: una insolación extrema, anuncia el médico; pero de sudor, nada...

El tiempo siguió corriendo y la verdad es que nunca supe si fue por la fuerza de la costumbre de intentar convencer a Agapito de que él era anormal, o si fue por una elección propia, el hecho es que mi amigo seguía siendo tan tímido de hombre como lo fue de niño, y esto sirvió para convencer a los demás de que fue precisamente esta razón la que desencadenó los acontecimientos finales el memorable día en que Agapito, por fin, logró sudar.

Sí, gran día.

Triste día.

Claro que al principio la idea sólo parecía un chiste, pero con el tiempo fue tornándose casi en la única alternativa que quedaba por probar y llegó el momento en que todos estuvieron de acuerdo en llevar a cabo el plan. Todos menos uno: Agapito, por supuesto.

—¡No, no voy a hacer eso! ¿Cómo se les ocurre? Esas cosas son demasiado serias para mí como para andar jugando con ellas. Y encima con motivos tan tontos como éste.

—¿Cómo que tontos? —, replicaron todos. Además nos parece a nosotros que ya eres lo suficientemente hombre como para poder hacerlo.

—¡Pero es que yo no pu...!

—¡Ah, ya cállate! Contigo siempre la misma historia—, lo interrumpió Samuel. —Después de todo Goyita no está nada de mal, y hay que aprovechar que se ofreció voluntariamente para poder colaborar con tu cura.

Nunca supe si fue por sus propias agallas o si fue por alguna jugada a traición de parte de algunos de los muchachos; el hecho es que Agapito se encuentra de pronto, un par de noches después, frente a frente con Goyita. Estaba muy nervioso pero no sudaba.

¡Pobre! Todavía hoy me lo imagino: "¿qué hago ahora, qué?".

Fue ella la que se encargó de aliviar un poco la tensión, me consta. Con una sensual música de fondo y con provocativos movimientos que ha aprendido durante los años que ha estado ejerciendo ese oficio, se comienza a desvestir rítmicamente y a atraer a Agapito hacia ella.

Él se decidiría por fin, he supuesto todos estos años, y con manos temblorosas comenzaría a desvestirla de las últimas prendas y las más íntimas, enfrentándose a ese universo de maravillas desconocidas para Agapito hasta ese entonces.

Exploraría tímidamente aquellas vegetaciones que, aunque han sido miles de veces recorridas por manos ajenas, anónimas, desconocidas, lograrían excitarlo y comenzaría a poner en práctica los rudimentarios conocimientos técnicos que, supongo, poseería en aquella ciencia; no sin antes (me lo sigo figurando) haber hecho un angustioso llamado a todas sus fuerzas para no perder la conciencia de estar vivo.

En realidad, ahora que lo pienso bien, se me ocurre que fue Goyita la que haría todo el trabajo: buscando, recorriendo, tomándole las manos a Agapito y llevándoselas a las zonas más vertiginosas. Gemidos, rotaciones, música, contactos o el calor insoportable que se encierra en la pequeña habitación o qué sé yo qué otras cosas, lo cierto es que de pronto, y por primera vez en su vida, mi amigo, Agapito del Carmen Rodríguez Rodríguez, habría comenzado a sudar. Abundante. Copioso. Imparable.

Pareciera de pronto como si todas sus fuentes que hasta entonces habían permanecido en completa inutilidad se hubieran puesto de acuerdo para reventar al mismo tiempo y abrirse paso a través de todos los poros y perforaciones de su cuerpo.

Goyita se asusta. Cree, por un instante, que se ha roto el techo y el agua acumulada en las canaletas entra a la habitación. Pero no, es el sudor de Agapito, que a medida que se acerca al momento mágico, corre a torrentes increíbles por su espalda, su pecho, sus piernas.

"Se va a deshacer", piensa Goyita en algún momento, pero abandona esa idea mientras lo comienza a apretar con fuerza alrededor de la cintura, y casi enseguida le da la sensación de que Agapito está perdiendo consistencia muscular. Su sudor empapa las sábanas que se tornan pesadísimas. Se acercan rítmicamente al clímax y Goyita, gimiendo, abre los brazos en el preciso momento en que Agapito ha parecido perder todo peso y solidez. Ya no se escuchan ni sus gemidos ni su respiración entrecortada, sólo se oye un lejano gorgoteo, como el sonido que hace una olla con agua hirviendo.

Fue entonces cuando Goyita abrió los ojos y con horror contempló cómo Agapito, convertido ya en una suave e inexorable poza, se deslizaba gota a gota hacia el suelo de la miserable habitación, cuyas agrietadas losetas lo absorbieron ávidamente.

La fútil tragedia de Atanasio

Parece que su primera intención fue guardarse el secreto, no decirle nada a nadie, comprar un boleto de avión y largarse a cualquier parte del planeta.

Parece que estaba asustado, se me ocurre; y además era evidente lo que le pasaba. Increíble sí, pero evidente. Ya desde el miércoles de la semana anterior lo había notado. Primero se dio cuenta de que el cuello de la camisa le quedaba grande. Pero —debe haber pensado— seguramente Amelia me la compró un número más grande para que si encogía al lavarla, no me quedara chica.

Pero cuando esa mañana al ponerse los zapatos primero, y sentir que los pies le quedaban nadando dentro; y al colocarse el sombrero después, y chocar contra la pared pues no lo había podido sujetar con la cabeza y se le había caído hasta los ojos, tapándole la vista, tuvo que rendirse a la evidencia irrefutable de que se estaba achicando.

Parece que todo comenzó luego de que Atanasio había empezado a convalecer de la larga enfermedad que Román, su médico de cabecera, no supo determinar ni curar, pues aparentemente y sin explicación lógica, Atanasio se sintió mejor una mañana y no volvió a tener ninguna molestia hasta el día miércoles cuando notó lo de la camisa, pero esa molestia no fue física sino más bien del orden de la personalidad, porque consideró que no le favorecía el hecho de verse tan delgado que desde lejos se podía apreciar que la camisa le quedaba grande.

De manera que abandonó sus primeras intenciones y como buen marido que parece que era, corrió a contarle a su mujer lo que le sucedía:

—No te preocupes—, le dijo Amelia. No creo que sea tan seria la cosa. Y con grave tono doctoral añadió:

—Debe ser un problema a nivel celular que seguramente ha de pasar pronto.

Ante el incrédulo silencio de su marido ella añadió:

—Si quieres puedo llamar a Román y le preguntamos qué tendrías que hacer en estos casos.

En efecto, el médico vino. Y luego de examinarle la lengua, los ojos y su aspecto en general llegó a la científica conclusión de que él notaba a Atanasio perfectamente bien, aunque sí un poco más delgado, así que le recomendó a Amelia que le diera un poco más de comida y que comprara las camisas de un número más chico para tranquilizar a su marido de aquella sospecha de encogimiento.

—Además, mi querido Atanasio— dijo el facultativo, guiñéndole un ojo a Amelia, si tu sospecha de achicamiento resulta cierta, créeme que aparte de que te transformarías en uno de esos casos que enriquecen a la ciencia la propia economía de tu casa irá mejor.

Animado por un gesto afirmativo de Amelia, el médico continuó:

—Atanasio, piensa un poco: tú, con un trabajo mediocre y un sueldo más que malo, si tuvieras que comprar ropa más pequeña y gastar menos en alimentos, sería, indudablemente, un enorme alivio económico.

Y luego que hubo dicho estas consoladoras palabras, Román se marchó a su casa.

Al ver el rostro de un Atanasio, incrédulo y triste a la vez, y que aturdido por las palabras del médico no había abierto la boca, Amelia dijo:

—No te entristezcas, Nasio—, como le llamaba ella cariñosamente en la intimidad, —no hay que exagerar tanto las cosas. Yo te seguiré amando igual, queriendo igual, iremos a la cama como siempre, aunque...

—¡Bueno, no sigas! ¡Basta! —, replicó por fin Atanasio. —No debe ser cierto todo esto.

Y lo que me contaron después parece que sucedió temprano en la mañana, como dos semanas más tarde más o menos, cuando Atanasio abrió los ojos antes de que sonara el reloj despertador y al volverse para mirar a su mujer, dio un grito de horror. Una gigantesca, una colosal cabeza se encontraba del lado de la cama donde debió haber estado su esposa.

De pronto aquella cabeza abrió los ojos y Amelia se incorporó de un salto y llamó:

—¿Qué ocurre? ¿Qué pasa? ¡Nasio! ¡Nasio! ¿Dónde estás?

De entre las sábanas y las almohadas, adonde lo había lanzado el brusco movimiento de su mujer, y haciendo un hercúleo esfuerzo por sacarse todo ese montón abrumador de tela de encima, Atanasio respondió:

—¡Aquí, aquí, mi amor!

Parece que él, que para ese momento ya sólo sería del tamaño de la mitad del cepillo de pelo de Amelia, imagino yo, se dio cuenta de su situación definitiva, y un pesar inmutable lo invadió inmisericorde. Por eso no dijo ni media palabra cuando su mujer lo tomó por las costillas con la punta de los dedos, cuidándose de no apretarlo demasiado y se lo acercó a los ojos, y con una voz de trueno y con un aliento que tenía la fuerza de un ciclón, le preguntó:

—Y, ¿qué vas a hacer ahora, mi amor? Si quieres, yo te puedo andar trayendo en mis bolsillos... no sé... haré lo que tú digas.

Aunque según otros, parece que Atanasio sí intentó decir algo, porque se le vio mover los labios, pero no se le pudo oír mucho.

Y quién sabe por qué pero posiblemente fue en ese momento cuando Amelia hizo un gesto de impaciencia y puso a Atanasio sobre el lavamanos, frente al espejo, y murmurando algo incomprensible se fue a llamar a Román.

Una rendición, un cansancio y una tristeza absoluta se materializaron como dos minúsculas y transparentes gotitas saladas, apenas sí más grandes que un huevo de hormiga, y cayendo de los ojitos de Atanasio, humedecieron imperceptiblemente el borde del lavamanos y se precipitaron al piso en cámara lenta.

Atanasio las siguió con la mirada borrosa y al bajar la vista tras ellas sus ojitos tropezaron con la gigantesca silueta del inodoro. Se acercó un poco más al borde del lavamanos y en el fondo acuoso del excusado alcanzó a vislumbrar reflejada su cabecita que temblaba entre dos sinuosas y marrones excretas que por alguna razón Amelia había olvidado eliminar por el desagüe la noche anterior.

Pero por extraño que parezca, a Atanasio se le deben haber figurado dos brazos que lo llamaban y lo invitaban hacia ellos para olvidar toda su tragedia extraña entre arrumacos de fisiológica ternura.

De manera que, según me dijeron, no le costó gran cosa cerrar los ojitos y lanzarse al fondo del excusado. Quedó flotando entre agua y fimo por el tiempo suficiente que duró la entrada de Amelia al baño, quien buscándolo y llamándolo Nasio, Nasio y diciendo al mismo tiempo que sí, que el doctor vendría dentro de un rato, arrugó la nariz ante su olvido de la noche anterior y accionó la palanca del sistema de desagüe del excusado.

Entelequia

a Yamiris Morales, allá, en Puerto Rico.

El señor Rosales se arrellanó dentro de su grueso abrigo de algodón y cambió de posición en el viejo sofá sobre el cual estaba sentado. El frío se colaba imparable por la puerta casi abierta de par en par que daba exactamente hacia la campiña cubierta por las sombras de aquella noche invernal.

"¿Por qué no cerrarán la puerta?", pensó, comenzando a creer que era cierto lo que decían de su anfitriona, la señora Cristina, acerca de su locura y todos esos chismes parecidos.

"Aunque ahora que lo veo, tal vez sea todo cierto", volvió a pensar el señor Rosales, mientras intentaba espantar el frío que sentía examinando (una vez más) la sala a su alrededor mientras esperaba a su anfitriona.

De pronto una ráfaga de viento frío entró a la sala haciéndolo estremecer.

—¡Hola!, soy Fernanda, y mientras mi tía baja del segundo piso para venir a saludarlo y atenderlo, tendrá usted que aguantar mi presencia—, le habló resuelta y repentinamente una muchacha alta, rubia, huesuda, no muy bonita y con una rarísima mirada en sus ojos azules.

—¡Oh!, Sí... Sí... Por supuesto... Digo... No... No, está bien—, replicó torpemente un sorprendido señor Rosales mientras al mismo tiempo tiraba al suelo los cojines del sofá tratando de hacer un esfuerzo por incorporarse y saludar a la muchacha "salida de vaya Dios a saber dónde".

—No se ponga usted tan nervioso—, le dijo ella. —Tal vez esté un poco confundido porque seguramente le han dicho algo sobre la condición de mi tía, ¿no?...

—N-n- no... Digo, s-sí... ("¿Qué mierda pasa aquí?").

—Siendo así, es lógico entonces que se sienta incómodo, ¿verdad? Pero no se preocupe, aunque debo advertirle que aquellos comentarios no son del todo falsos y, créame... Siéntese, pues... Créame, le digo, que me duele referirle todo esto, ¿sabe usted? Después de todo ella es mi tía, ¿no? Ahora mismo, por ejemplo, se habrá preguntado el motivo por el cual la puerta está abierta en circunstancias que la noche está tan fría y amenaza una tormenta. Pues bien, ya que para bien o para mal, es usted su invitado me veo en la obligación de relatarle los tristes acontecimientos que han hecho que mi tía haya perdido la razón... ¡Oh sí!... ella está loca, totalmente... pero, ¿por qué me mira así?, no se preocupe usted... La verdad es que todo comenzó hace ya diecinueve años. Como yo sólo tendría unos dos, me he tenido que ir enterando de la historia poco a poco, ya sea por lo que me cuentan los otros miembros de la familia o por unos recortes de periódicos que mi tía guarda celosamente en un armario y que a veces hurto para espiarlos a escondidas. Ha sido difícil, se lo aseguro, pero creo que ya he atado los cabos necesarios a través de todo este tiempo como para enterarme de la verdad. Y, ¿sabe usted?, justamente por una casualidad increíble esta misma noche se cumplen los diecinueve años exactos de cuando mi tío Ruperto, es decir el esposo de tía Cristina, y el único hijo de ellos, es decir mi primo, salieron de caza. Esa noche y aunque, le repito, parezca increíble también tenían un invitado a cenar y querían darle una sorpresa asando un ave cazada por ellos mismos. Salieron pues, a través de esta misma puerta, en dirección hacia esos siniestros pantanos que están en los médanos; más allá de las colinas brumosas aquellas... ¿sabe usted?... Nunca regresaron, nunca. Un vagabundo medio loco aseguró haber visto la cabeza de mi primo ensartada en la rama puntiaguda de algún tronco. La verdad es que la policía nunca encontró nada, fuera de la escopeta, extrañamente retorcida, de tío Ruperto. El golpe para tía Cristina fue tan terrible que perdió la razón, y desde aquella noche horrible nunca más cerró la puerta otra vez en esta fecha porque está convencida de que mi tío y mi primo regresarán por ahí mismo y ella siempre los espera con la mesa servida. Además, ella cree que... Pero, ¿por qué está usted tan pálido?

Quizás fue por aquella historia o porque Fernanda, hablando imparable y sin pestañear, no le quitaba sus redondísimos ojos de encima; el hecho es que el señor Rosales no podía apartar la vista de la fija mirada de Fernanda ("¿Qué carajo pasa aquí?")

—Perdone mi tardanza—, dijo la señora Cristina, entrando en ese preciso momento a saludar directamente al invitado e ignorando por completo la presencia de la sobrina.

—Me estaba terminando de acicalar un poco porque de un momento a otro llegarán mi esposo y mi hijo que salieron de caza a los pantanos, más allá de esas colinas, ¿sabe usted? Abrí la puerta para ellos. Supongo que sabrá usted apreciar el ave que de seguro ya han cazado, dijo la señora Cristina encendiendo un cigarrillo con toda tranquilidad.

Una mirada de inteligencia cruzaron Fernanda y el señor Rosales. Éste intentó decir algo pero su garganta no pudo articular ni un sonido.

—¡Oh! Creo que por ahí ya vienen—, dijo de pronto la señora Cristina, levantándose de su asiento y apagando de cualquier modo el cigarrillo.

—¡Puedo oír sus voces! ¿No las escucha usted?—, le preguntó con excitación al señor Rosales y, sin esperar respuesta, se dirigió a la puerta. Seguía ignorando a Fernanda.

En efecto, unas voces que provenían justamente del lado del pantano se fueron haciendo cada vez más audibles.

El señor Rosales, muy asustado, estaba blanco de la impresión. ("Mierda. Qué pasa aquí. Para qué vine"). No pudo mirar hacia afuera y sólo atinó a dirigir la vista al rostro de Fernanda, quien con los ojos desmesuradamente abiertos movía inútilmente la boca tratando de emitir algún sonido pero lo único que conseguía era temblar de pies a cabeza.

—¡Por fin, ya están aquí!... ¡Qué alegría! —, casi gritó la señora Cristina y enseguida se dirigió con los brazos extendidos hacia la puerta abierta, bajo cuyo marco se comenzaban a dibujar dos sombras espectrales.

Casi al mismo tiempo el señor Rosales, invadido francamente por el miedo, como una exhalación y atropellando torpemente todo cuanto encontró a su paso, salió corriendo de la habitación y al pasar junto al marido de doña Cristina, quien volvía feliz de la cacería que había emprendido hacía solo un par de horas junto a su hijo, emitió un espeluznante grito de horror que se perdió mucho más allá de las colinas brumosas, y el invitado de honor de esa noche desapareció en la oscuridad.

—Pero ahí va tu invitado, mi amor—, dijo un extrañado Ruperto a una no menos estupefacta señora Cristina.

—¡Qué hombre más raro! ¿Viste cómo salió corriendo? ¡Como si hubiera visto fantasmas! —, intervino Lucio, el primo de Fernanda.

—Ese pobre hombre es en verdad un loco, venido nadie sabe de dónde, quien vive obsesionado con la idea de que lo persiguen para quitarle el millonario testamento que, según él, heredó de su abuela, muerta hace más de cuarenta años, bajo extrañas circunstancias, en algún barrio de Singapur—, respondió Fernanda tranquilamente.

Recordatorio

—Los fantasmas no existen, niño por Dios—, me lo decía siempre mi abuela cuando yo era un niño y corría, muy asustado, a esconderme entre sus faldas después de haber visto una película de terror o de haber leído algo de miedo. "Los fantasmas no existen", me lo decía siempre.

Me lo volvió a decir anoche, que se cumplieron veinte años de su muerte.

Inquina

Ocurrió hace años, en el barrio Almagro.

Las estaciones se suceden unas a otras; los pájaros repiten, año tras año, el ritual del sur; los antes niños ahora han crecido; el engranaje del tiempo es implacable. Ocurrió hace años. A pesar del tiempo, de los pájaros y las estaciones algunos recuerdan, en Almagro.

Y recuerdan a Saulo: engreído, caprichoso, mediocre; y, sobre todo, egoísta. Y Almagro entero sabe que Venancio, viejo, ciego y tímido, que a veces aún se deja ver por el viejo barrio está estrechamente ligado a Saulo. No, a Saulo no. A lo que un día le ocurrió a Saulo. Y a él, a Venancio.

Ocurrió hace años.

El desprecio de todo Almagro tenía un objetivo en común: la cara insolentemente complaciente, el rostro de sonrisa fría y enigmática y la voz de serpiente cascabel al acecho de Saulo. La llegada de Saulo al barrio Almagro se pierde en el tiempo. Lo que no está perdido es el sentimiento de desprecio que Saulo (a fuerza de despechos, de fraudes, de engaños, de autosuficiencia y egoísmo —por sobre todo) se ha ganado. Y Venancio, viejo ciego y tímido, que ahora –muy de vez en cuando—se deja ver por Almagro, pareció recibir (¿el porqué? Misterio de misterios) todo el encono del que Saulo era capaz.

Ocurrió hace años.

Primero fueron rumores, comentarios mal intencionados, calumnias de:

—Fíjese, doña Pepita, que parece que Venancio trató de hacerle la corte a la Paquita, la muchacha inválida aquella, la hija del alguacil. Dicen que para quedarse con las joyas de la muchacha, que si no es por el padre que, fíjese, se dio cuenta a tiempo, si no….

—¡Ay, ese don Saulo! ¡Qué barbaridad..! ¿Y quién se lo dijo a usted?

—Todo se sabe en este mundo de Dios, doña Pepita, todo se sabe…

Y la buena de doña Pepita se alejaba de Saulo, sacudiendo la cabeza, pensando en Venancio y en lo vil que puede llegar a ser alguna gente. Se alejaba, ajena a la fría y enigmática sonrisa de Saulo. El porqué de esos chismes, misterio de misterios. En Almagro ya han intentado barajar posibilidades. El resultado es en vano: Saulo es rico, Venancio no. Saulo es más joven. No es tímido (al contrario) como Venancio. Saulo es educado, ha viajado. Venancio, no. La vida en general se ha mostrado más amable con el primero.

Después fueron abiertos despechos. Claras palabras

malintencionadas. Abiertas muestras de egoísmo por parte de Saulo para con Venancio. Otra vez, los resultados de las ecuaciones que baraja todo Almagro no cuadran: ¿pero por qué tanto encono? Ni siquiera se conocen bien. Apenas sí han intercambiado un par de palabras. En Almagro algunos se atreven con más conjeturas:

—Venancio es más inteligente que Saulo y esto le molesta al ricacho.

—Venancio no te mira escupiéndote una burla al rostro, como el otro.

—Ni es egoísta.

—¿Recuerdan cuando lo del incendio? Todos le ayudamos a Venancio con algo.

—Todos menos uno.

—Egoísta.

—Aunque Venancio no haya recuperado lo perdido estaba contento y agradecido con nosotros.

—Todos ayudamos. Menos uno.

—Venancio jamás le reprochó nada a nadie.

—Ni siquiera a él.

—Yo creo que por eso Saulo lo odia; porque Venancio nunca le reprochó nada y eso es como restregarle en la cara su falta.

Venancio, viejo ciego y tímido, a veces aparece en Almagro. Nadie pregunta nada. Pero todos se le quedan mirando cómo golpea con su bastón en el borde de la acera. En Almagro nadie comenta nada. Pero todos le miran, mientras se pierde su monótono cloc, cloc, cloc del bastón sobre la acera calle abajo. "Está viejo Venancio, el ciego" se atreve a comentar alguien. "¿Qué habrá sido del egoísta de Saulo?", se atreve otro. Almagro entero calla porque nadie se anima a pensar mucho en lo que ni el paso del tiempo, ni el de las estaciones, ni el de las aves migratorias ha podido (ha querido) borrar.

Ocurrió hace años.

Almagro entero calla porque a veces es mejor no pensar en lo que inquietantemente se resiste al raciocinio diario. Porque (aunque nadie lo exprese en voz alta) la presencia de Venancio, viejo y ciego, se los recuerda. Mientras el cloc, cloc, cloc de su bastón sobre la acera se pierde calle abajo.

Y arriba, en el cielo, una bandada ha iniciado su rito al sur. El tiempo pasa.

Ocurrió hace años.

"Sabe, pues, y entiende. Puedes pedir lo que quieras. A Venancio, sin embargo, le será concedido el doble". Le dijo a Saulo aquel ser que se materializó ante sus atónitos ojos aquella mañana.

Las cosas suceden porque sí. Si de este lado hay autobuses y caballos y boletos y juegos infantiles y amores encontrados y deudas a pagar y escuelas y hospitales y guerras y la vida de todos en todos los días; de allá, del *otro* lado, del paralelo a éste puede muy bien existir un ser, un alguien, que por un momento venga para acá, logre surcar la distancia que separa ese lado de este; un ser que se materialice ante los hombres y le diga a Saulo que se puede pedir cualquier cosa (enfatizar *cualquier*), y que enseguida recalque que a Venancio le será concedido el doble.

Puede ocurrir. ¿Por qué no?

Saulo agachó la cabeza. Las aletas de la nariz le temblaron. Nervioso, asustado y confundido debió haber pensado qué hacer, qué hacer, dios mío, dios mío qué es esto. Qué. Nervioso, asustado y confundido debió haber agachado la cabeza. Tan solo el tiempo justo que tomó su cerebro para, primero, desechar ideas de riqueza, de gloria, de juventud duradera, A Venancio el doble, ni pensarlo; y, segundo, (¿el porqué? Misterio de misterios) lanzarle a la memoria el rostro tímido de Venancio que solía venir a Almagro de vez en cuando. "¿Y bien? ¿Qué deseas?", habrá preguntado el ser materializado ante sus ojos. Un soplo al oído como un susurro cavernoso de báratro; un hálito de hielo y pravedad; un misterio insondable para siempre en la memoria de los sucesos de los hombres de este lado le habrá hecho alzar los ojos a ese ser y fijar para siempre la historia de ambos hombres:

—Quiero—, dijo Saulo, —que me saques un ojo.

Corte Suprema

—Pero si ya le he dicho, no sé cuántas veces, que hace varios días que rellené el dichoso formulario del que me habla, ese en que me piden los datos de ella.

—Entonces tiene que esperar a que la gente encargada del asunto acabe por tomar cartas en éste.

— ¡Pero si le digo que hace días que espero, carajo!

—Señor, por favor. Acá con palabrotas no, ¿eh? Estamos haciendo lo que podemos. Los del Directorio tienen siempre muchísimo trabajo. No pierda la cabeza.

Al oír estas últimas palabras, los ojos del hombre giraron en dirección del funcionario que las había enunciado, quien se encontraba sentado en ángulo bastante mas superior con respecto a la cabeza del hombre. Si no hubiera sido por las circunstancias que lo habían impulsado hasta el llamado Departamento de Quejas y Regulación de Bienes, habría sabido éste apreciar el humor irónico de esa oración

61

recién enunciada. Pero estaba cansadísimo y, sinceramente hablando, harto de tanta burocracia enfermante que lo mantenía prácticamente estancado, atrapado en esa especie de limbo en el que había estado desde hace ya varios días, ¿o semanas? *"Es difícil llevar la cuenta de los días en este lugar"*, se había repetido mentalmente en varias ocasiones. Aunque, en honor a la verdad, sí recordaba el día que había llegado hasta allí.

—Quiero atestiguar aquí—, le había dicho en tono de nerviosa voz, temblando el cuerpo entero y en evidente estado de shock, a ese mismo funcionario aquel día, el de su arribo —que todo pasó tal como lo dije y ya está anotado, me consta. Que el domingo, por la mañana, mientras ella y yo viajábamos en ese autobús, contentos de estar, por fin, en el desierto mexicano (un lugar casi mítico para ella y para mí, tal como lo expliqué: por eso de nuestros trabajos, nuestras amistades y nuestras inclinaciones espirituales y personalidades afines, que nos hacen querer viajar y conocer los desiertos de este continente. Ya hemos estado en Arizona, Nevada, Utah, Chihuahua, Aguas Calientes; incluso, tal como se lo dije a usted mismo, en el desierto de Atacama, en Chile); bueno, señor funcionario, como le dije ya varias veces: quiero dejar registro de que cuando esos hombres hicieron detener el autobús en el que viajábamos ese domingo, yo nunc...

—Se dirigían de Monterrey a Nuevo Laredo, como lo indica aquí, ¿no?—, le preguntó el funcionario, sin levantar la vista del expediente.

—Sí, sí, señor funcionario, exactamente. Bueno, pues yo

nunca imaginé que esos hombres eran miembros del cartel de Mich...

—*Los Zetas,* señor, no confunda.

Los ojos del hombre esta vez giraron hacia abajo, un tanto avergonzados, aunque no habría sabido explicar porqué. Después de todo era él la víctima. Bueno, él y ella. *"Debe ser por eso",* alcanzó a pensar, *"que me siento mal: por ella, por este horrible lugar, por esto horrible que me ha pas... Que **nos** ha pasado... ¡Oh Dios!"* Esta vez, sus ojos giraron hacia arriba antes de responder:

—Oh sí, sí, *Los Zetas.* Es que estoy nervioso y muy preocupado por ella, ¿sabe? Por eso que estoy presentando esta denuncia y reportando los hechos.

—Entiendo, continúe usted.

— ¡Oh sí! Por supuesto. Le decía que cuando los vi subir al autobús, jamás imaginé que serían criminales, que ser...

— ¿No estaba consciente usted de la ola de violencia que vive México estos días por culpa del narcotráfico, señor?

—Sí, claro que lo sabía. Mis suegros insistieron tantas, tantísimas veces en que este viaje era una locura, una irresponsabilidad. Don Ruperto, incluso, amenazó a su hija de dejarla sin herencia. "No me importa", fue la escueta y categórica respuesta de mi mujer, "iremos igual al desierto mexicano, papá".

—Sólo para confirmar y para no hacer dudar a los del Directorio cuando analicen su causa, ¿sabe? Usted aquí en este escrito estipula que nunca sospechó que esos hombres que hicieron detener el autobús podrían ser narcotraficantes, ¿no?

—Así es—, afirmó con un hondo suspiro de resignación el hombre.

— ¿Por qué?

—Porque eran altos, delgados, rubios, bien afeitados y llevaban pantalones y camisa de buen corte. Nada que ver con los clásicos criminales del narco crimen mexicano que nos pintan siempre: bajos de estatura, con algo de sobrepeso o barrigones, de bigote abundante o ralo, con jeans y sombrero vaquero. De hecho, cuando le susurré a mi mujer que me parecía raro todo eso y que esperaba que nada ocurriera, ella (también en un susurro), me dijo: no, no cr..."

—¿Por qué en un susurro?—, le volvió a interrumpir el funcionario de turno.

—¡Uufff!—, exclamó y suspiró con fuerza esta vez el hombre. Las mismas preguntas, una y otra vez, pese a que las respuestas ya estaban apuntadas en el expediente que leía el propio funcionario, tenían francamente cansado al hombre y, debió reconocerlo, todo esto le hacía sentir una extraña sensación, mezcla de cansancio, impotencia y miedo.

Toda esta conversación ya había ocurrido el día en que había sido enviado hasta ese lugar. Pero ahora, quién sabe si sería por el calor que reinaba en el ambiente; o si sería por todo el tiempo que llevaba estancado en ese limbo, inútilmente, esperando; o si sería porque, en el fondo, todo eso le parecía algo atrozmente ridículo e irreal (hasta alcanzó a pensar, sujetando su cabeza con ambas manos, algo cansado ya de hacerlo: *no debe ser cierto todo esto*"); sin embargo ahora al hombre le acometió una desesperación y un enojo enormes, que alcanzaban a sus antecesores y a sus descendientes (*"bueno, ahora ni sé qué va a pasar con respecto a esos. Si es que pasa algo"*, pensó apresuradamente); quién sabe por qué sería, el caso es que un enojo y una desesperación que tocaban, incluso, a "este funcionario pusilánime, empleado de mierda, que ni siquiera aquí se puede sacudir uno de encima esta pesadilla burocrática de los procesos", le hizo enrojecer el rostro y sus ojos no cesaban de mirar en dirección hacia arriba, al empleado "impecablemente vestido de blanco, eso sí", se sorprendió asimismo pensando. Éste, habituado a la rutina, sin dejar de leer el expediente que tenía en las manos, ignoró la mirada de franco enojo y clara decepción que le echó el rostro del hombre. Más bien, le preguntó:

—Aquí, casi al final, dice que ustedes dos se dirigían a… ¿dónde? ¿Rellenó usted el formulario oficial de estos casos?

Por eso que ahora, el hombre, ante la posibilidad de seguir esperando a "que se tomen cartas en el asunto"; y, más aun, ante la frase "no pierda la cabeza", no pudo más y, aguantando su cabeza con una mano, asestó un duro golpe de puño al escritorio del funcionario con la otra, la que le quedó libre; y no le importó que el empleado ya lo hubiera regañado por enojarse. No le importó, pues casi al mismo tiempo comenzó a gritar, ante el sincero asombro de cuantos se encontraban allí, que se los llevaran a todos al mismísimo infierno de los carajos, a todos; que los hijos de puta del Directorio, quienes de seguro ya sabían todo lo que le había ocurrido allá, en el desierto mexicano pero se complacían en hacerle esperar inútilmente; que de qué carajo, de qué mierda había servido tanto sacrificio y tantísimas horas de su vida dedicadas a ese dichoso "Directorio" si ahora no lo ayudaban, carajo; ni les importaba que a su mujer la habían golpeado y se la habían llevado a rastras esos hijos de puta que parecían turistas gringos más que criminales del narcotráfico mexicano; que él estaba ya harto, hasta enfermo, *"sí, en-fer-mo así, con todas las sílabas, aunque digan que no se puede estarlo en ese lugar"*, gritaba con la cabeza tensa del esfuerzo por mantenerse alerta y dirigir los ojos a cada rincón de ese enorme recinto. *"Harto y enfermo"*, repetía, de que no lo *"atendieran como era debido allí"*. Que él solo quería que le hicieran caso; que lo había repetido hasta el cansancio absoluto: que a ella, esos mexicanos que parecían turistas gringos, después de golpearla, se la habían llevado a viva fuerza; que habían abierto fuego sin previo aviso sobre todos los pasajeros del autobús; que los gritos, la confusión y el miedo le duraron a él justo hasta el último momento, extrañamente lúcido, rápido y ligero, en el que uno de esos "turistas gringos" se acercó hasta él por detrás y algún movimiento, ademán o gesto físico dirigió hacia su cabeza que ésta rodó por su pecho y estómago hasta caerle justo en la misma mano con que, agarrándola del pelo, la sujetaba ahora.

CIUDAD

911

—¡Oh, no! ¡Las puertas no se abren! ¡Estamos atrapados! —, exclamó Donaldo esa mañana, luego de que el elevador en el cual se encontraba él y una niña (los únicos ocupantes), se detuviera repentinamente dando un respingo.

Ante la falta de reacción de la menor, Donaldo presionó varias veces el botón del ascensor donde se leía *"open door"* pero sin resultado alguno. Nervioso, dirigió la mirada hacia la niña: *"¿cuántos años tendrá? ¿Nueve? ¿Diez? ¿Y qué carajo está haciendo sola a aquí?"*, alcanzó a pensar sin lograr alejar el resquemor que lo acosaba hacía ya rato, además también notó que aquella muchachita conservaba una extraña calma.

Más para espantar ese franco sentimiento de pánico que ya comenzaba a sentir que otra cosa, le dijo a la niña:

—Tendremos que llamar a alguien, ¿no?

La chica, seria y sin prisa, miró a Donaldo a los ojos y le dijo:

—Querrá decir que *usted* está atrapado aquí y que *usted* tiene que llamar a alguien, ¿no?

Y enseguida despareció, metiéndose sin esfuerzo alguno a través de las puertas cerradas del ascensor.

Mal compañero

Pensaba que te habías olvidado, por eso me sorprendí cuando me lo preguntaste. Sí, ¿recuerdas? Todos le temíamos al Cabeza de Cobre. Hasta el Eliel lo respetaba y eso que él siempre había sido el chico más matón de la escuela. Es que con esa sonrisa cruel y cínica, más ese porte de pandillero mafioso, propio de los pasillos de San Quintín, que tenía el Cabeza de Cobre quién no le habría temido, ¿no crees? Siempre solo, escondido tras sus aspavientos amenazadores y sus palmetazos en las nucas así porque sí a todos, los chicos le temían. Sin duda. Aunque yo me atrevería a asegurar ahora que, en el fondo, era envidia en realidad lo que se sentía por él. No sé. Ciertamente (y de esto seguro que te acuerdas) el único que parecía buscar la amistad del Cabeza de Cobre era el Piratita. ¿Recuerdas? Ya hacía bastante que había empezado el año escolar cuando una tarde la Cucurufa (¿te acuerdas de esa profesora de castellano?) le dijo a todo el curso que iba a incorporarse un nuevo compañero, que había que tratarlo bien. Cuando lo vieron, entendieron y cuando lo conocieron, supieron: una noche, cuando el Piratita aún no era el Piratita y el hueco mal bloqueado en algún rincón de su vieja casa (por el hueco que causa la pobreza, seguro) y el salto asqueroso de una enorme rata hambrienta al indefenso rostro de Piratita que dormía como dormía su madre hasta que la despertaron dos chillidos horribles: el de espanto y dolor del niño y el de triunfo de la rata que huía con uno de los ojos del Piratita a medio reventar en su hocico húmedo y puntudo. De manera que pronto todos ya éramos amigos, ¿recuerdas? Bueno, todos menos el Cabeza de Cobre. Yo tampoco me explico el porqué, hombre. Solo sé que el Piratita seguía al Cabeza de Cobre para arriba y para abajo; y este Piratita es un verdadero perrito faldero, decían; y oye, Piratita, decían, no seas tan huevón. ¿No ves que el Cabeza de Cobre te trata a las patadas? Pero él era sordo a todo eso. Incluso recibió una suspensión de la escuela cuando lo de la bala. No, hombre, no. No fue el Piratita quien la llevó. Fue el Cabeza de Cobre. Acuérdate que fue él quien dijo que se la había encontrado fuera del regimiento y la llevó a la escuela y la mostró ufano a todo el grupo, ¿recuerdas ahora? Claro, pues. El más emocionado de todos era el Piratita y cuando el Cabeza de Cobre nos hizo saber con su prepotencia característica que escuchen, cabros huevones, esta balita se la meto por el culo al primero que me acuse, ¿entendieron? Nadie le respondió, más asustados que otra cosa. Fue entonces el Piratita el único que habló con torpe timidez y n-n-no te p-preocupes, Luis Alberto, no lo sabrá el inspector, dijo.

Yo tampoco. Tampoco puedo entender cuál era el motivo que llevaba al Piratita a ser el único de los muchachos que llamaba al Cabeza de Cobre por su nombre. Parece que realmente lo admiraba, ¿no? Recuerda cómo le brillaron los ojos de asombro y temor cuando el ruido de la bala, que estaba aún en su cartucho, fue explotada por el certero golpe que el Cabeza de Cobre le propinó con una barra de fierro y el ruido retumbó por toda la escuela y ¡a ver, ¿quién fue el graciosito?! rugió el Loro Macabeo, era jodido el inspector de la escuela, ¿recuerdas? Y lo enfureció aún más el silencio con que le contestamos todos y el Cabeza de Cobre que se hacía el pendejo detrás del Piratita y el Loro Macabeo a ver quién fue, pues, cabros de mierda, yo nunca había visto tan enojado al inspector, fue usted, ¿verdad, señor Martínez? Porque para el inspector (y para todos en la escuela en realidad) todos los desmanes eran responsabilidad exclusiva del Cabeza de Cobre y quizás tuvieran razón pero ese día el Cabeza de Cobre que se preciaba de ser muy hombre, yo no fui, señor inspector, y el Loro Macabeo no mientas, huevón, yo te conozco, ya, agáchate, y el garrote del Loro Macabeo sonrió de gusto y el rostro del Cabeza de Cobre quieto, cinismo impasible pero si yo no fui, señor inspector y el Loro Macabeo anda a engañar a tu abuela, cabro desgraciado y se alza el garrote y de pronto espere, señor inspector, fui yo, en serio, se lo juro. Todos miraron hacia el Piratita. Sí, bueno, todos menos el Cabeza de Cobre, que apenas se vio libre, desapareció tras el portón de la escuela y no volvió sino hasta una semana después sin siquiera dirigirle una mirada al Piratita, quien había agarrado una tremenda paliza del papá cuando éste se enteró de que al Piratita lo habían suspendido un par de días de la escuela. Sí, pues. Veo que te acuerdas. El papá del Piratita era un pastor evangélico así que esas son cosas que un hijo de Dios no hace y ¡plas! un correazo y Jesús murió para que no hagas estas cosas y ¡plas! otro correazo y quizás qué otras cosas haces que ni tu madre ni yo tenemos idea y ¡plas! las nalgas hirviendo y ¡plas! el agradecimiento que le tendría el cabeza de Cobre y ¡plas!... Yo tampoco lo entiendo, hombre. Ya el Cabeza de Cobre no solo ignoró al piratita como antes, sino que además empezó a mortificarlo porque (quizás demasiado tarde lo entiendo) el Cabeza de Cobre sentía terror a saberse genuinamente querido y mira, Piratita, tu guardapolvo está dentro de la estufa y vano eran los intentos de sacarlo del fuego y vanas eran las explicaciones en casa, ¡plas! ¡plas! y otro día ¿dónde está el Piratita? y había sido el empujón que el Cabeza de Cobre le dio contra a la pared mojada del urinario y la ropa húmeda del Piratita con un penetrante olor a orina y la vergüenza en el rostro del Piratita que lo había llevado a esconderse y la cruelmente cínica risita en el rostro del Cabeza de Cobre… ¿Te acordaste ya, verdad? Sí, lo del accidente pasó en diciembre, el verano muy cerca, las flores, el mar, las aves. Dije 'accidente' porque no fue mala intención, estoy seguro. Fue por puro molestar al Piratita y oye, Cabeza de Cobre, qué hay en esa caja que tienes ahí ¡aahh, es una rataaaa! gritó el Guata que siempre fue un cobarde ¿te acuerdas? y entonces otras voces de oye, Cabeza de Cobre, esta rata tiene un alambre alrededor de los huevos, sí, imbécil, se lo puse yo ahí para que le dé más rabia a ver si se la echo al Loro Macabeo y la mirada

74

fija al rostro del Piratita quien miraba a su vez la Cabeza de Cobre como sin entender, como con confundido respeto y entonces una sonrisa de dientes amarillos en el rostro de éste y a ver, Piratita, quiero probar si funciona mi idea, ven, acércate, déjame que llore como lloro ahora, sin lágrimas, con estos gemidos que parecen de animal enfermo, déjame, que es la única respuesta que tengo a la pregunta que me estás haciendo y que yo mismo me he hecho mil veces desde esa tarde de diciembre, por qué, por qué el Piratita se acercó a abrir la caja y por qué lo hizo si veía la sonrisa fría en la cara del Cabeza de Cobre y déjame llorar porque aún hoy me despierto aterrado por las noches oyendo el chillido horrible con que la rata saltó de la caja y se me abalanzó sobre el rostro y me arrancó el otro ojo.

El secreto de Amarilla

a José Luis González

La niñita Amarilla tenía un secreto. Lo había descubierto esa misma mañana pero no estaba dispuesta a compartirlo con nadie. Ni siquiera con su mamá, quien ahora le acababa de soltar una mano para dedicarse a observar mejor las prendas de ropa que se vendía en aquella tienda.

La niñita Amarilla tenía un secreto y no sabía muy bien qué hacer con él. ¿Qué hacer con esa emoción que sentía? Ni siquiera pudo notar si le apretaban o no los zapatos nuevos que ahora su madre le hacía probar. ¿Qué hacer con ese secreto?

La madre de Amarilla interrumpió los pensamientos de la niña con brusco tono:

—Ya, pues, hija; meta bien el pie dentro del zapato. La niñita Amarilla llevaba tiempo suficiente viviendo con sus padres sobre el planeta Tierra como para saber que el trato formal con el que su mamá se había dirigido a ella era señal inequívoca en su familia para expresar descontento. De modo que, por un momento, trató de olvidar la estrella y estiró todos sus deditos dentro del calzado.

Una estrella, sí. Porque, ¿qué otra cosa podía ser aquello que había visto esa mañana en la estación del tren? La vio justo antes de haber tomado con su madre el ferrocarril eléctrico para ir desde su pueblo hasta la ciudad. La vio después que escuchara por la mañana, en el desayuno, casi ahogando su cabecita en un platón de cereales, la voz descontenta de su papá:

—Mecánico de mierda. ¿Cómo es posible que me haya dicho que no puede reparar el coche? Ahora, por culpa de él, tengo que irme en locomoción pública al trabajo.

—Bueno, no reclames tanto—, oyó la niñita Amarilla que replicaba su mamá. —Yo debo ir al centro de la ciudad a comprar y tendré que cargar todo como un burro. Con el calor que hace... Sólo Dios sabe si funcionará o no el aire acondicionado de los colectivos. Además, con todo ese montón de gente en las calles es más fácil para los ladrones, y más encima con la preocupación por la niñita, no se vaya a perder...

La "niñita" no podía ser otra que ella, de modo que Amarilla alzó los ojos un instante para bajarlos enseguida. Aún nadie le había enseñado muy bien qué hacer con ese sentimiento de zozobra que experimentaba cada vez que sus padres discutían (de un tiempo a esta parte con mucha más frecuencia y en tonos de voz más altos). De modo que volvió a inclinar la cabeza e intentó tragar —con dificultad una vez más— una nueva cucharada de leche y pedacitos de banana, manzana y un poco de avena.

—Claro, contestó el papá. —Pero resulta que si no fuera por mi trabajo, usted, mijita, no se daría el lujo de comprar ropa cada vez que le da hipo.

Y, mientras sus dientecitos trituraban un pedazo de manzana, la niñita Amarilla había reconocido también ese trato formal entre sus padres que generalmente anunciaba problemas.

—Ya está el señor Juan Andrés Brauchi con su irónico tonito de macho en celo, por Dios. Además, para que usted sepa, señor, a la niñita—otra vez se alzaron los ojos desde el platón de cereal— le hace falta un buen par de zapatos para ir al jardín infantil. No la podemos mandar así no más, con los zapatos viejos, bien que lo sabes. Y si estás molesto por algo de tu trabajo no te vengas a descargar conmigo, o a echarle la culpa al mecánico o a amargarnos el desayuno.

—Pero, ¿quién carajo le está amargando aquí el desayuno a quién? —, casi gritó el papá mientras la niñita Amarilla inclinaba aún más su cabeza sobre el plato.

—¡Juan Andrés, la niña, por Dios!

—¡La niña, la niña! ¡Qué mierda pasa con la niña! En vez de escandalizarte deberías preocuparte desde ya por enseñarle a no ser tan vanidosa o botarate. Mira que comprarle más ropa si ya tiene el clóset lleno.

—¿Ah, ¿sí? Pues mira, vaya qué novedad. Hasta que hablas un poco de la educación de tu hija...

—Bueno, habría que ver si realmente es hija mía, ¿no?

El último grano de avena se escurría trabajosamente por el pequeño esófago de la niñita Amarilla (empequeñecido por el nudo que sentía en su garganta) cuando ésta escuchó los sollozos de su mamá:

—¿¡Qué dices, Juan Andrés... ¡Por Dios!?... Qué va a pensar la niña...

Amarilla, a pesar de ser pequeña, a pesar de no darse cuenta, por ejemplo, del tamaño enorme del planeta en donde le había tocado nacer; o de no darse cuenta, por ejemplo, de que el amor (como todas las cosas en la vida) también muere, no necesitó levantar los ojos del plato para saber que su madre se pasaba una mano por los ojos antes de continuar:

—Si al distinguido abogado, señor Brauchi, no le gusta andar a pie, ¿por qué no se le ocurre entonces pedirle prestado el coche a la rubia ésa, la puta de su secretaria?

La niñita Amarilla todavía no aprendía muy bien el arte de medir la distancia y el tiempo, de modo que para ella todo fue uno: la maldición que gritó el papá, el pedazo de pan con mantequilla que salió disparado a un rincón del piso de la cocina y el portazo, tras el cual, salió su padre a la calle.

De modo que por eso, un poco más tarde, durante esa misma mañana, al ver la estrella bajo las ruedas del tren, la niñita Amarilla supo que era ésa la señal que había pedido. A su manera había pedido un signo que le augurara mejores tiempos en la casa. Había cerrado sus ojitos y con todas sus fuerzas se lo pidió a su oso, Toby. Más tarde, mientras la mamá trataba de no sollozar al limpiar la cocina antes de salir, el peluche le brindó a la niñita Amarilla una sonrisa de felpa, un tierno guiño de franela y con un dulce abrazo de tafetán le prometió una señal.

Hacía muy poco tiempo que su abuelo Pedro le había contado lo de las estrellas. Una noche él le había dicho, mirando ambos un cielo plagado, que aquellos ojitos que titilaban allá arriba eran los secretos que Zeus, o Viracocha, o Dios—porque es el mismo señor, Amarilla, con distintos nombres no más— guardaba para los niños. La niñita Amarilla se asombró de saber que como ese señor estaba siempre tan ocupado resolviendo asuntos universales, mantenía encendidas las estrellas en el cielo para que no se le olvidara tanto secreto y así poderlos compartir con los habitantes más chiquitos del planeta Tierra.

—¿La uuuna? —, había preguntado la niñita Amarilla.

—¡Ah!, la luna, Amarilla. Sí, la luna. Es la abuelita de ese señor. Una viejecita regordeta y muy limpia que se encarga de vigilar para que nadie se robe los secretos. A veces la luna se ríe, así, como la ves esta noche, que tiene forma de banana, ¿la ves? Se ríe porque de seguro que Dios ha decidido contarle un secreto a algún niño, entonces esa estrella se cae y cruza el cielo bien rápido para llegar pronto hasta la Tierra y buscar a ese niño y darle personalmente el recado.

De modo que para la niñita Amarilla todo estaba claro ahora, cuando había visto a esa estrella allí, en la estación del tren; justo cuando se movió el pesado vagón del andén de enfrente. Fue sólo un segundo, pero tiempo suficiente como para que ella contemplara fascinada el resplandor azul y blanco de aquella estrella que brilló bajo las ruedas del tren.

Su abuelo le había asegurado que aquel asunto de las estrellas era entendimiento directo sólo entre los niños y Dios que vivía arriba, en el cielo. Por eso que a la niñita Amarilla ni siquiera le extrañó que a ningún adulto en la estación le hubiera llamado la atención el resplandor de la estrella; y durante todo el tiempo que pasó con su mamá probándose una interminable cantidad de zapatos, camisas, faldas y vestidos, trató—con toda la fuerza que su cabecita le permitía—de averiguar cuál era el secreto que se le quería comunicar con la estrella que había visto.

Fue al salir de la tienda, mucho más tarde, que la niñita Amarilla miró a su mamá y, al ver el rostro sin risa de ésta, deseó que el secreto fuera algo que hiciera a su madre sonreír, un poquito, siquiera; o que ese secreto fuera las instrucciones que necesitaba para entender lo del desayuno.

De modo que fue por eso que, una vez de vuelta en la estación del tren, se puso a correr por el andén sin escuchar ni los gritos aterrados de su mamá, ni los de ninguno de los adultos que corrían tras ella y le gritaban cosas, sin entender que ella tenía un secreto que no iba a compartir con nadie. Un secreto hermoso de luz y crepitaciones blancas y azules que crujía y brillaba ahí, bajo las ruedas de aquel tren que entraba veloz a la estación. Un secreto feliz sólo para ella, ahí, chisporroteando entre las ruedas y los rieles, adonde la niñita Amarilla se tiró a buscarlo.

Un asunto de índole doméstica

a Carlos Figueras

Nunca me había preocupado por las letras pequeñas del contrato de arriendo hasta que me lo encontré a él, hace ya casi dos años, en un callejón de Chicago. Claro, para qué preocuparme si yo ni pensaba en tener mascotas en ese momento (aunque ahora no sé si a él habría que llamarlo *mascota*). De modo que si no observaba ciertas reglas afines o si no le pagaba a la Administración del edificio de departamentos donde vivo la cantidad mensual extra que me permitiría tener mascotas, tal como lo estipulaban esas letras pequeñas, muy poco o nada me importaba; aunque ya había visto (lo reconozco) un par de veces cómo se desalojaba a la gente y que no había dado cuenta de ello.

—Ya se les ha notificado muchas veces—, se limitaba a explicar el conserje (un viejo polaco malhumorado), mientras contemplaba de brazos cruzados e impasible la escena. No importaba el frío o el calor (terribles los dos en Chicago), el conserje, siempre parco de palabras y malhumorado se aseguraba de que todo se cumpliera al pie de la letra y no se alejaba del lado del desalojado hasta que no hiciera lo propio la policía (siempre dispuesta al servicio) y el camión de mudanzas, especialmente contratado, que transportaba las pertenencias de las víctimas.

Lo repito, nunca me había preocupado mucho.

Pero ahora era diferente. Yo estaba preocupado. Si los de la Administración o el viejo conserje cascarrabias se daban cuenta de su presencia en mi departamento, me pondrían, sin pensarlo dos veces, de patitas en la calle, ¿justo ahora, que ya ha crecido tanto? Ni pensarlo.

Las primeras semanas no fue difícil esconderlo. Chiquito, lento, extrañamente silencioso no hacía otra cosa que dormir, beber leche y comer verduras. Al principio, te acordarás, como yo no tenía idea de lo que podría ser, le daba huesos a roer. Robusto, peludito, con una extraña y gigantesca apariencia canina, parecía precisamente eso: un gigantesco y casi tierno cachorro, mezcla de cien razas de perro. Sin embargo ni siquiera miraba los huesos. Fue a ti a quien se le ocurrió darle a probar de las macilentas hojas de lechuga que me quedaban en la nevera. Pronto tuve que comprar kilos y más kilos de verdura. ¿Te acuerdas? Prefería las hojas tiernas de los repollos, las lechugas y las acelgas, aunque comía cualquier verdura.

Cuando alcanzó el tamaño de un potrillo, ya sabíamos que no podía ser un perro. Gordo, grande, peludo, lento y hediondo parecía más bien una especie de vaca monstruosa y sin cuernos. A insistencia mía, claro, y como pudimos lo acomodamos en el cuarto de baño, ¿recuerdas? Pero qué pregunta, qué imbécil soy, esas cosas no se olvidan. Le llené la tina de tierra y paja. Allí dormía. A escondidas, claro está, clausuré el inodoro con una mezcla de piedras y cemento y en el hueco fui dejándole las verduras. Pronto, sin embargo, fue necesario ponerle comida en el lavamanos e ingeniármelas para descolgárselas desde el techo.

"Esta cuestión ya está muy grande, ¿no crees?", comentaste hace un par de días. "Habría que devolverlo". No te contesté ni dije nada porque estaba muy atareado limpiando los kilos de mierda que tengo que trapear del piso del baño todos los días; pero ahora te lo pregunto: "¿a quién se lo devuelvo?", si te digo que me lo encontré una fría mañana en un callejón, mujer. Y, mal que mal, ya le he tomado cariño. Para qué te miento. Total, es tranquilo, no emite sonidos, no es histérico como un perro, ni arisco como un gato.

Lo que me tenía preocupado era que el polaco o los de la Administración lo iban a descubrir ya en cualquier momento. Ya no cabía en el baño y mucho menos en la tina y al paso que iba creciendo ya pronto ni cabría en el departamento. La hediondez ya casi no se aguantaba y yo gastaba dinerales en desinfectantes, jabones para el piso, escobas, desodorantes ambientales y verduras, sobre todo verduras. Con decirte que hasta tuve que cambiar de supermercado un par de veces porque los empleados pronto comenzaban a mirarme raro por las cantidades enormes de lechuga, repollo, zanahorias y acelgas que compraba.

¿Por qué me tienen que pasar estas cosas nada más que a mí?

Después de que te marchaste esta tarde, asqueada y horrorizada por el tamaño que ya alcanza él y por la hediondez y el descuido en el que vivo yo, me quedé hojeando el libro que trajiste. "Mira", me dijiste temblando de asco y pavor, "aquí hay una ilustración de un animal que se parece al tuyo".

Creo oír las pisadas del polaco que se acerca. "No te preocupes", le digo mirándolo fijo y hacia arriba, a los ojos; y agrego: "ni el polaco ni los de la Administración podrán hacerte daño". Entonces oigo un calmado y hondo resoplido y alcanzo a percibir el lento y casi circular movimiento con que sus fortísimas mandíbulas trituran apios, alcachofas y sobre todo, lechugas lenta y pacientemente.

Aunque hace ya varias semanas que ni puedo entrar a mi propio departamento, sé que ya no debo pedirte más que me dejes vivir en un rincón de tu piso. Sé que tengo que hacer algo.

Estas cosas me pasan a mí nada más, mierda. Eso me digo mientras aguanto el lápiz en una mano y el cuchillo en la otra. Total, dime tú, será más fácil que la policía aclare el hallazgo de mi cuerpo acuchillado que explicar qué hace metido en un departamento, en pleno Chicago, este horrible bicho de mierda, ¿no crees?

Recital

a Lorna Vega

Mientras mi mujer duerme escribo estas líneas para convencerme —inútilmente, lo sé— que lo de hoy no fue un sueño, ni lo imaginé.

"Menos mal que don Santiago trabaja allí", me dije, cuando mi mujer me mostró las entradas que había adquirido para ir a escuchar al más destacado cantante caribeño del momento. Y no es que el tipo no me gustara. Al contrario, su música era una interesante mezcla de jazz y ritmos afroantillanos y la letra de sus canciones expresaba un alto contenido poético y social. Además, como él mismo lo asegurara en alguna entrevista, entre sus inspiraciones musicales contaba alguna creación de Cortázar y Neruda. Lo que pasa es que nunca he sido muy amigo de las multitudes y no me atrajo mucho la idea de pasar un par de horas en un teatro atestado y sometido a un retumbar de parlantes que pondría a prueba al más bragado. De modo que si don Santiago va a estar allí no importa, me dije. A la mitad del espectáculo, con cualquier pretexto, me salgo del palco y me voy a la sala de los focos iluminadores, donde trabaja el viejo, seguro que me deja.

—Seguro que sí, don Belnaldo. Véngase no más—, me dijo el buen mayagüezano cuando lo llamé este mediodía, durante la pausa del almuerzo.

—Pero déjeme decihle—, continuó don Santiago, —que desde ajiba las cosas no se ven igual que desde las butacas. Yo no sé, a lo mejol las luces, la distancia, este ángulo supeliol, ¿ve? Algo afecta la visión de los pelfolmans y no sé, todo se ve diferente. Yo traté de hablar con místel Jarri, ¿sabe? Pero es más telco... Sabe que un día, don Belnaldo...

—Bueno, bueno, don Santiago, no se preocupe—, interrumpí para cortar al hombre que batía todos los récords de monólogos ininterrumpidos. —Allí espéreme poco después que comience el espectáculo, agregué al colgar el auricular.

Recuerdo que al encender un cigarrillo me sonreí pensando si acaso la idea de soportar a la multitud ruidosa no sería mejor que la de estar con aquel buen viejecillo charlador que, aprovechando la ocasión, no se otorgaría ni un minuto de silencio.

De modo que al atardecer, al entrar con mi mujer al teatro, comprendí que no me había equivocado. El recinto colmaba su capacidad. Varios parlantes gigantescos y una pantalla inmensa, en donde se proyectaba la figura del cantante y su grupo, multiplicaban cien veces el sonido. Completaban la escena camarógrafos, fotógrafos, ingenieros, guardaespaldas y ujieres que no daban abasto para contener a la multitud de gente joven que se amontonaba en los pasillos para bailar al ritmo del pegajoso compás. Poco después de haber comenzado la segunda parte le dije a mi mujer no sé qué cosa y partí donde don Santiago. Sandra Isabel estaba feliz. Ritmos y gentes de su tierra reemplazaron fácilmente mi aburrida presencia. De modo que subí hasta la buhardilla en donde estaban los focos de la iluminación y el hombre que me harían compañía el resto del recital.

—¿Ve lo que le digo, don? —, fue el saludo del viejo Santiago cuando me abrió la puerta.

Yo había dejado a una multitud allá abajo que gritaba y aplaudía frenética al compás de la banda. El cantante mismo se veía esa noche más apuesto y se le oía mejor que nunca. Su sombrero negro y su barba inconfundibles hacían juego con el atuendo que usaba el resto del grupo. De modo que, intrigado por lo que me decía don Santiago, me acerqué a la ventana y al seguir con la mirada los rayos iluminadores que se dirigían hacia el escenario, tuve que agarrarme del brazo del viejo para no caer. El buen hombre, incapaz como yo de comprender lo que sucedía en el escenario, se limitó a repetirme la pregunta: "¿se da cuenta?"

Allá abajo, en medio del escenario, en donde hacía sólo segundos yo había visto al cantante y a su grupo, se llevaba a cabo (tiemblo al recordarlo ahora) no sé qué suerte de grotesco espectáculo. Cuatro horribles enanos, con los rostros deformes y carcomidos por algún tipo de sarna, saltaban como poseídos alrededor de unos gigantescos atriles, mientras aullaban y soplaban unos pitos que producían un sonido agudísimo. Cerca de ellos, dos ancianas, ciegas y jorobadas, vestidas de bailarinas y con la cara grotescamente pintarrajeada con lápiz labial, golpeaban sin cesar las blanquísimas nalgas de dos hombres obesos tendidos en el suelo, completamente desnudos, que a cada golpe soltaban una sarta de maldiciones y alaridos que me pusieron los pelos de punta. Sentados cerca de los obesos vi dos niños (al menos eso era lo que parecían aquellos seres) afectados por algún tipo de profunda atrofia mental y se introducían mutuamente los dedos en la garganta induciéndose vómitos que se mezclaban en el piso con la sangre de tres jorobados, quienes, desplazándose sin ton ni son por entre las primeras butacas, se cortaban los pies y las manos con afilados cuchillos de piedra.

Dios santo, no he mentido. Dios sabe que no he mentido.

No habrán sido tres minutos los que pasé, temblando, contemplando aquello. De pronto me sobrevino una terrible náusea y justo antes de salir corriendo de ese maldito teatro, me di cuenta de que por encima del escenario, en donde comienzan los cortinajes, se movían dos cuerdas. Seguí con la vista aquellos encordados y vi que se conectaban a los brazos y a las piernas de un muñeco deforme y grotesco. Con dificultad era movido de lado a lado en una esquina del entablado y, mientras hacía el simulacro de cantar, apareció un inmenso hipopótamo que se comenzó a pasear por el escenario gruñendo ferozmente mientras llenaba el piso de orines y estiércol.

Mareado y al borde del vómito salí de allí como pude.

Ni sé lo que me dijo don Santiago, algo así como que había mal ángulo o mal gusto para los espectáculos, no lo recuerdo. Tembloroso, sudando, fumando cigarrillo tras cigarrillo como un enajenado esperé a mi mujer fuera del teatro. Lo próximo que recuerdo bien es que más tarde, cuando volvíamos a casa, mientras ella me comentaba lo fabuloso de los ritmos afroantillanos, lo maravilloso del acoplamiento entre público y banda musical, lo armonioso de la voz y lo interesante de los mensajes de las canciones del intérprete, yo decidí guardarme los otros detalles del recital para escribirlos aquí.

Boqueando

a Monchi

Mira, Melquíades. No sé muy bien cómo comenzó todo esto. Yo creo que tiene que haber sido por el calor del verano en Chicago. Qué sé yo. Era difícil vivir en el estudio ese tan chiquito y que acumulaba todo el aire caliente y pesado que salía de los pulmones de la ciudad. Sí, ya sé que el médico me recomendó que tomara unas vacaciones largas, que no me quedara leyendo hasta tan tarde, que tratara de dormir más, y no sé cuánta estupidez más. Hasta pastillas me dio para dormir, ¿puedes creerlo? Claro que yo sé que la cosa no se limitaba a sólo no dormir. Porque tampoco era cierto que yo no durmiera. Por las tardes me la pasaba roncando. Además los domingos de tarde... Dormir es la mejor forma de birlar al domingo. Siempre sospeché que la muerte era el domingo. O que al menos los muertos se quedaban para siempre

93

prisioneros de una tarde de domingo interminable, no sé. Te decía que dormir por los domingos de tarde es lo mejor. Ni cuenta te das cómo se pasan las horas y cuando abres los ojos, ya está. Es lunes de madrugada y poco falta para irse a trabajar. Entonces te levantas, te duchas, te preparas un café y sacas la libretita en donde anotas los puntos —miserables, si quieres; pero puntitos a tu favor, al fin y al cabo— y ¡zas!, te anotas un punto más a tu favor ganado a la muerte. De modo que la insistencia del doctor acerca de dormir no creo que haya tenido nunca tanta validez. Ni la de mis amigos, que últimamente me habían estado jodiendo tanto por lo de las ojeras. De modo que si dejaba las noches para leer o escribir, pero conseguía dormir durante la tarde, siempre me pareció un buen método y ninguna inconveniencia tenía de particular, ¿no crees?

Me parece que el lío comenzó cuando me acostumbré a eso de ponerme a dormir. La gente, Melquíades, se pone a trabajar, a leer, a beber, qué sé yo. Los niños se ponen a jugar, se ponen a mirar televisión y así. Yo, especialmente los domingos de tarde, me ponía a dormir. Me recuerdo perfectamente del primer sueño. Absurdo, como suelen ser todos los sueños. Hacía un calor endemoniado dentro de mi cuarto y por eso creo que al sopor lo alcancé enseguida. Cuando me pongo a dormir no necesariamente significa que tenga sueño, ¿me entiendes, verdad? Es como un deber, como una actividad que debo ejercer. Pero esa tarde me puse a dormir (recuerdo que miré la hora: eran cerca de las tres); y porque lo creí mi deber, me puse a dormir.

Te decía que esa tarde me puse a dormir más rápido. No.

Más bien quiero decir que al sopor simplemente lo sorprendí yo. Hacía tiempo ya que dormía sin que mediara sopor alguno. Esta vez me pareció que yo forzaba mi entrada en el mundo del sueño. El asunto es que lo que soñé fue de lo más idiota. Mi billetera aparecía delante de mí con insistencia. (Sí, es esta misma, mírala. Me la regaló mi prima cuando fui a Chile. Tiene pegado en ella una calcomanía con el el símbolo de mi club favorito de fútbol en Chile: el Colo-Colo. ¿Ves?). Era absurdo tener que mirar esta billetera con tanto detenimiento. Sus contornos de cuero en relieve que dejaban ver claramente las estrellas simbolizando las conquistas deportivas del club, se me quedaban delante de los ojos con una insistencia extraña. La lentitud con que yo la observaba en el sueño, la suave y blanda calma con que mis dedos la tocaban me pareció (más tarde, cuando desperté) la actitud indescifrable de alguien que sufre el Síndrome de Down cuando mira con fijeza golosa, animal e impenetrable algún objeto luminoso o suave. No sé si me entiendes. De modo que al despertar me sonreí pensando hasta dónde llegaban mis preocupaciones por mi situación económica.

Los sueños son absurdos, en su mayoría. Ya te lo dije. Pero si lo piensas bien, todo es absurdo en la vida. Pareciera ser que uno anda como zombi buscando una respuesta o algo, cualquier cosa, que le sirva como asidero para vestirse cada mañana y salir a trabajar. En la esperanza de hallar esta respuesta cualquier mañana, la más corriente, justo al momento de despertar, supón tú, se le va a uno la vida. Es absurdo, ¿verdad? Yo creo que por eso no me sorprendí mucho al despertar y no encontrar mi billetera por ningún sitio en mi departamento. Tú no conociste el cuarto en el que vivía, ¿no? (Claro, a Monchi nunca se le ocurrió llevarte con él a visitarme. Yo era siempre el que prefería, en cambio, ir donde vivían ustedes, ¿no?, como tenían aire acondicionado era siempre mejor, especialmente en el caliente y húmedo verano de aquí...) En todo caso el cuarto aquél era minúsculo de modo que apenas bastaba como para mover un par de cosas y encontrar hasta un alfiler, si fuera necesario. Yo no había salido en todo el día, de modo que igual me extrañaba un poco que no pudiera hallar la billetera. No hay mucho qué hacer los domingos, es como quererse ir a pasear al patio de la muerte, ya te dije. Después, claro, ya te imaginarás, la burocracia inverosímil para recuperar identificaciones, carnés, documentos, y toda la comparsa de números impresos en tarjetitas especiales que atestiguan, indudablemente, tu existencia. Por suerte tú no tienes este problema aquí.

Y, claro, como los papeleos a que te obligan los empleados públicos, son en verdad dignos de cualquier pesadilla, no me sorprendió notar que la billetera seguía presente en mi sueño. ¿No te ha ocurrido, Melquíades, soñar el mismo sueño en repetidas ocasiones? Incluso hay veces en que los sueños no se repiten en años, pero aún así siempre sueñas lo mismo, ¿no? Bueno, eso mismo me empezó a ocurrir. O algo parecido. Ya que no era ahora sólo la billetera lo que veía en el sueño. Empezaron a aparecer más cosas. Yo no sé. Alguien debiera ponerme aire acondicionado en mi departamento. Te digo que el calor era inaguantable. Claro que ahora no sé si voy a volver... no sé, se está tan bien aquí. En todo caso, y aquí viene la parte más importante que quisiera compartir contigo, comencé a notar que la billetera, esta misma que tengo aquí y que te mostré hace un rato, se movía acompañada ahora (en un bailecito 'idiotizantemente' blando y lento) de mi lápiz, algunos libros. Recuerdo que en el sueño me dio risa distinguir la magra cara de Baudelaire en una de las cubiertas de un libro, danzando al compás estúpido de la billetera. También aparecieron de pronto algunos discos compactos, unos calcetines, el termómetro, una cuchara y hasta un limpiador de aerosol. Sí, ya sé que es absurdo. Todos los sueños lo son, ¿no? Eso explica que todos esos objetos estuvieran juntos y moviéndose como niños retardados enfrente de mis ojos. Yo creo ser un tipo bastante ordenado. De modo que jamás pondría en el mismo lugar mis calcetines, por ejemplo, con algún libro de poemas, ¿no te parece? Claro que, por otra parte, también soy bastante distraído —varios dolores de cabeza me han causado ya esas distracciones—, por eso que no me asombró mucho que, al despertar, no encontrara ni mi lápiz, ni mis calcetines, ni mi termómetro, ni mi cuchara, ni mi libro de poemas...

Al principio andaba medio preocupado, te contaré. Ya me estaba arrepintiendo de esta manía mía de ponerme a dormir y soñar con cosas que después iba a necesitar y no podría encontrarlas sino en el sueño porque hasta allí se habían ido. O trasplantado o traspasado hacia allí. Qué sé yo. Y dime tú, ¿para qué diablos me servían esas cosas en el sueño? Y claro, cuando el domingo pasado, luego de la siesta cuyo sueño se llenó con los ritmos descompasados del monitor y el teclado del ordenador (hubieras visto el esfuerzo ridículo de las teclas por intentar moverse al ritmo de la billetera y los pantalones. Daba lástima ver al pobre *mouse* agitar su cablecito en un intento vano por seguir los movimientos del reloj, de la lámpara y del pase para el autobús), te decía que, luego de la siesta, cuando desperté y no vi ni el ordenador sobre la mesa, ni la lámpara sobre la mesa de luz, me alarmé. Pero luego lo pensé mejor y ahí me dio rabia con la administración del edificio. ¿Por qué no instalaban servicio de aire acondicionado? El calor era insoportable y yo no podría jamás seguir solventando los gastos que me producían esos sueños tan absurdos (tuve que comprar lo que perdía en los sueños). De modo que fue por eso que hablé con el Monchi. Para mudarme acá unos días, al menos hasta que pasara la ola de calor sobre Chicago. Con el aire acondicionado de acá se pasa mejor, ¿no? Yo creo que fue por eso que ayer domingo me puse a dormir tan cómodo. Estaba fresca la sala. Hasta tú, Melquíades, en tu pecera, parecías apreciar la bondad de tener un lugar fresco en donde refugiarte del calor. Y a mí me da la impresión que el ponerme a dormir y verte nadar tan cómodo haya sido quizás un error. Que mientras converso contigo aquí, rodeado de todas mis cosas que no se cansan de danzar frente a mí, el pobre de Monchi que adora a su pececito de color, con cuidado y en silencio para no despertarme, te estará buscando inútilmente por todas partes.

Shopping Mall

a L. V. G.

El que espera:
Ya son las seis y cuarto y yo como tonto parado en la puerta y ella no aparece mierda me dijo que iba a estar aquí antes de las seis ha salido un montón de gente de allá adentro menos ella claro como si yo tuviera toda la noche para estar junto a la puerta o apoyado aquí sobre la baranda esperándola qué linda la rubia que va allá abajo qué raro recién ahora me doy cuenta de que anda poca gente por los pasillos de este centro comercial y eso que estas cosas siempre están llenas especialmente cerca de Navidad ya se sabe cuán consumista se pone Chicago y todo el jodido país en estas fechas carajo se va la rubia y el guardia allá abajo se la queda mirando como imbécil bueno con el culo que tiene la gringa no lo culpo ¡putas! me da vértigo mirar hacia abajo ¿por

qué harán estos edificios en forma de caracol? vamos por favor apresúrate hace veinte minutos que te espero mira que tengo que leer un montón para la clase de mañana me gusta ese equipo de vídeo de aquella vitrina qué raro que ande tan poca gente aquí hoy ¡aaah! me da vértigo mirar para abajo mientras más me inclino más lo siento pero no puedo dejar de mirar me acuerdo de la pareja que se tiró al vacío cuando el atentado a las Torres Gemelas de Nueva York los dos habrán sentido el viento zumbando en sus oídos el vértigo terrible de ir manoteando en el aire y habrán visto las baldosas de la acera acercándose a una velocidad increíble hasta sus cabezas y ni tiempo habrán tenido de sentir nada un golpe sordo y seco o un chispazo rojizo y enseguida el salto al silencio más profundo las estupideces que pienso en vez de estar leyendo o haciendo algo más útil tengo tanto que leer para la clase de mañana aunque a los estudiantes americanos les importe un pito la historia de Latinoamérica me inclino y este vértigo me hace cosquillas en las tripas mierda ya son las seis y veinticinco y con todo el tráfico que debe haber en estos momentos por el Lake Shore Drive quizás a qué hora vamos a llegar a casa mañana debería llevar el coche al taller por ese ruido raro que tiene lo único que nos faltaba es que esa porquería de auto se echara a perder justo ahora que no tengo ni un centavo mierda qué vértigo me da mirar para abajo por suerte esta baranda está firme ojalá que ella aparezca pronto.

El guardia:
Hace rato que veo a ese cabrón allá arriba mirando obsesivamente hacia abajo no debería ni preocuparme total qué

chingados me parece que ese güey viene casi todos los días y siempre se para allí arriba a la salida del gimnasio o se apoya en la baranda parece que esperara a alguien qué culazo el de esta rubia chiquita no sé por qué este día ha estado tan aburrido chingados este trabajo ya me tiene harto voy a subir y decirle algo a ese hombre que se salga de ahí le hablo en español parece latino el muy pendejo que se siente en otro lugar no claro no voy qué mierda a la chingada hoy me pagan le voy a decir a Chino González que vaya conmigo que no sea pendejo que nos vayamos a echar unos tequilitas a la salida y que las pague él carajo a huevo que sí.

El que espera:
Supongo que si me tirara de aquí hacia abajo lo malo de no morir inmediatamente sería sentir todos los huesos hechos mierda claro que me imagino que uno quedaría inconsciente del puro golpecito por qué pienso estas huevás ojalá ella se apresurara ya son más de las seis y media caer de cabeza yo creo que es mejor putas no recuerdo si hay algo más que hacer para la clase de mañana aparte de hablar de la lectura sobre Latinoamérica tengo sed voy a pasar a comprar algo al supermercado caer de pie a lo mejor significa que las piernas me llegarían hasta el cuello voy a ir a comprar un refresco Coca-Cola el sabor de la nueva generación sí de cabeza es mejor un sólo golpe, un ¡paf! y se acabó como Horacio allá en la clínica ¿y qué tanto me mirará el guardia allá abajo? ¿pensará que me voy a tirar, mexicano cabrón? habría que estar bien jodido de la cabeza para hacerlo; aunque, claro, hay que ser tonto también para estar parado aquí junto a

la baranda pensando estupideces como un obsesionado ahí viene un grupo de gente ojalá y ya venga ella mierda o que no venga más no importa qué sé yo caer de cabeza y ya está.

Ella:
Las seis y treinta y ocho ya dios mío el pobre debe estar súper aburrido esperándome con lo impaciente que es ese traje le queda bien a la muchacha rubia ésa allá y yo tan gorda madre mía bueno ya estoy afuera y no lo veo no veo a nadie qué pasará aquí que el guardia va corriendo allá abajo y la gente amontonada y ese bulto tirado allá parece dios mío dios mío dios mío.
siempre

De ojos de azur y de gatos

Es curioso, Sandra. Apenas te he escrito dos páginas y ya tengo los dedos entumecidos. Y eso que a mí siempre me gustó escribir cartas. Pero ahora se me hace difícil. Cada día que pasa las manos me sirven menos. Tendrás que perdonar los borrones que encuentres. Lope está bien y sigue aquí conmigo. Sandra, siempre se nos hizo muy difícil decirle que no a Ana cuando nos pedía un favor a Nico y a mí. ¿La recuerdas? Su pelo siempre teñido de los colores más extravagantes, un sartal de collares que le colgaba del cuello produciendo un tilintilín delicado, un tono de voz que no parecía salirle de la garganta sino desde mucho más adentro, y esos ojos azules que no te los quitaba de encima, ¿recuerdas? Te miraba fijo, sin parpadear casi nunca, como queriendo ver más atrás de tus pupilas. Muchas veces me dio la impresión que te observaba desde la altura, como esperando que le brindaras libaciones, qué sé yo, con un porte como de antigua diosa egipcia o maya, no sé. Tú la conociste también. Pero por sobre todo era ese inagotable gesticular de manos lo que nos mareaba; o, mejor dicho, lo que nos hipnotizaba y nuestra voluntad quedaba casi a su total arbitrio. Bueno, yo digo "nos" y "nuestra" pero siempre tuve la impresión, la molesta impresión, de que era sólo a mí a quien Ana se dirigía siempre, aunque nos estuviera mirando a ambos, a Nico y a mí. Pero él (ya no sabré nunca cómo) se las arreglaba siempre para desembarazarse de la mirada penetrante de Ana y de su gesticular frenético para endilgarme todo el fardo a mí, como si ambos sospecharan que tal vez yo, en el fondo, esperaba hacerme cargo de los pedidos de Ana como si fuera un honor largamente deseado, no sé, ¿sabes? Ahora, mientras te escribo, de alguna manera sé que Ana sabía que yo nunca me habría negado a hacerle un favor. Ella lo pedía más bien como una orden inmensamente ineludible. Y sabía que yo recibiría aquella orden con la cabeza sumisa, casi con la misma disponibilidad servil de un esclavo. Y ella me miraba a mí (aunque su vista se posara indistintamente en Nico y en mí) como sólo mirarían los dioses a sus criaturas. Y gesticulaba y movía las manos segura de su poder sobre mí, ¿me entiendes?

Recuerdo que muchas veces yo me quedaba embobado mirándole las manos, blancas, suaves, perfectas, moviéndose con la gracia de un cisne a veces, o con la rapidez casi mortal de un zarpazo, otras; y yo las miraba y ella me dirigía la palabra desde otra dimensión y los sonidos se me desfiguraban y sólo me llegaban como el ronroneo lejano de alguna criatura desconocida. Y yo, te lo juro, me perdía en aquel rumor y atontado no dejaba de mirarle las manos hasta que una repentina inmovilidad las paralizaba y entonces yo despertaba de no sé qué trance y nervioso, medio atolondrado, me daba cuenta de que ella hacía rato que había dejado de hablar y esperaba segura (como tan lejos, como tan desde la altura) a que yo, pidiéndole disculpas por mi distracción momentánea, asintiera con la cabeza gacha y corriera a cumplir con el favor que había pedido, ¿recuerdas? Me sucedió tantas veces... Ella, claro, aceptaba mis sonrojadas disculpas con un gesto de displicencia que nunca entendí muy bien. Pero jamás repitió lo que había estado diciendo y yo me quedaba con la incómoda sensación de haber perdido algo realmente importante mientras ella me miraba como de lejos y una leve sonrisa se dibujaba en sus labios.

De modo que aquella vez, cuando nos pidió que le cuidáramos al gato porque ella se iba de viaje, tampoco me pude negar.

—Total—dijo —es por unos pocos días. Cuando regrese me lo llevo de vuelta, ¿está bien?

Yo miré a mi hermano esperando no sé qué cosa. A mí los gatos no me gustan, pero había sido Ana la que pedía el favor. Nico, como siempre, se encogió de hombros y señalándome a mí, se limitó a responderle:

—Arréglatelas con él, Ana, a mí me da lo mismo—. Y encendiendo un cigarrillo se volvió a enfrascar en su lectura.

De modo que recibí de manos de ella la jaula de plástico en donde Lope aguardaba mirándolo todo con suma atención.

Sandra, tú sabes que a mí siempre se me escaparon los

detalles. 'Despistado' me llamabas, y tienes razón, lo reconozco. Pero no puedes negar que siendo Ana la dueña de Lope tendría que haber sido ella la que no debió haber olvidado darnos la comida, el talco contra las pulgas, el cepillo o qué sé yo, porque a todos nos constaba que ella cuidaba a Lope a cuerpo de rey, ¿no crees?

—Los gatos se las saben arreglar solos—, fue el escueto comentario de Nico cuando le dije que Ana no nos había dejado ni la comida de Lope ni nada. Y como me lo dijo con tanta seguridad yo me encogí de hombros y salí de la habitación de mi hermano, en donde éste leía no sé qué documentos legales del siglo XVI. ¿Recuerdas que estaba preparando su tesis doctoral y su especialidad eran las Leyes de Indias o algo así? Es curioso. Ya no recuerdo muy bien. Además se me hace muy difícil entender esas palabras antiguas. Al principio, poco tiempo después de lo de Nico, intenté leer algo de sus libros pero te juro que me cansaba muy pronto, me invadía una suerte de pegajosa laxitud y las palabras perdían todo sentido y no podía siquiera hilvanarlas.

Siempre pensé que lo que le pasó a Nico estaba relacionado con esas larguísimas sesiones de lectura a las que se sometía. Es verdad que nunca fue muy sociable ni dicharachero, tú lo conocías bien, Sandra. Por eso me decidí a escribirte esta carta, porque siempre supe que, durante aquellas largas tardes del domingo, mientras te tendías a los pies de Nico para escucharle repetir sus letanías legales de otros tiempos, lo que buscabas era poder alcanzarle. Hacerle sentir que estabas aquí. Que le querías *aquí*. Yo sabía del esfuerzo enorme de tus ojos, mirándolo fijo, por anclarle a *este* lado. Desde mi rincón adivinaba un terror que te embargaba de pronto. Te ponías bruscamente de pie y te ibas de nuestra casa casi corriendo. Recuerdo que una tarde, mientras Nico acariciaba obstinadamente a Lope con una mano y con la otra sostenía un libro, le dijiste casi en un susurro: "no saltes de ese lado"; luego, te incorporaste y, al pasar junto a mí, me rozaste el cabello con tus dedos y entonces sentí, aunque ahora ya no esté tan seguro, que tus manos temblaban como una hoja. Pero no sé.

Ahora, mientras intento no borronear tanto esta carta, ya nada parece seguro, ni quieto, ni nada. Durante las últimas semanas que viniste a casa tenías un gesto muy triste en tu rostro. Conversabas con Nico y a veces se reían los dos, alegre y ruidosamente. Pero en tus labios asomaba siempre un dejo de inquieta tristeza. Me daba la impresión, ahora lo sé, que esa risa no significaba nada. Ya habías agotado toda posibilidad por sujetar a mi hermano de este lado. Tú, al igual que yo, nos dábamos cuenta de que él se movía como en otra dimensión. Que no podía ser natural ni su silencio, ni su parquedad, ni sus arrebatos de repentina alegría. Tampoco comenzaba a ser normal el ritmo de trabajo que llevaba: largas horas encerrado en su habitación; días enteros leyendo y escribiendo; el lugar olía a tabaco rancio y a veces vi cucarachas corriendo por ahí, sin que les importara gran cosa la presencia de Lope, quien parecía haber adoptado como suyo el cuarto de mi hermano y en donde pasaba gran parte del día dormitando y mirando leer a Nico. Y yo lo sabía, Sandra. Yo sabía de tus esfuerzos por alcanzarlo. Sin embargo —cobarde de mí— nunca me acerqué a preguntarte nada, a decirte que yo también tenía miedo, a decirte que no me gustaba estar a solas con mi hermano. Que poco a poco dejaba de lado sus lecturas para dedicarse a dormir o a contemplar la pared. Semanas enteras transcurrieron sin decirte nunca que Nico pasaba sin transición alguna del trabajo frenético a quedarse totalmente inmóvil, mirándome sin pestañear durante largo rato para luego, en silencio y sin explicación, darse media vuelta y dormitar.

—Te vas a volver loco—, le decía yo a mi hermano, medio en broma y medio en serio. —Sal a tomar aire, haz ejercicios. Llama a Sandra... Pero Nico me miraba desde otra dimensión y volvía a cerrar los ojos.

Ni siquiera me animé a hablarte cuando noté que tú también te apartabas con miedo cada vez que Lope se te acercaba. Porque soy despistado o por cobardía nunca me atreví a consolarte, a decirte que yo estaba de tu lado, que tú y yo estábamos de este lado. Decirte que ni tú ni yo teníamos la culpa de nada. Que todo era como fue siempre desde el principio más antiguo. Que eran ellos. Que Ana que Nico que Lope como un puente en mi casa. Decirte que yo también le temía a Lope.

Al principio cuestioné la irresponsabilidad de Ana por no venir a buscar a su mascota. Pero luego lo fui olvidando y después de la desaparición de Nico, el gato se ha convertido en mi única compañía, ¿sabes? Ahora se ha pasado a mi cuarto. Allí se queda todo el día. Creo que por la noche sale a buscar algo de comer. Ya no me preocupo. Nico tenía razón: los gatos se las arreglan solos. Al principio, te confieso, me desagradaba la absoluta tranquilidad con la que

Lope me miraba por horas. Yo lo espantaba, le arrojaba las almohadas, le gritaba. Se iba, es cierto. Pero siempre volvía. Y de un salto se trepaba a la silla y desde allí se me quedaba mirando nuevamente. Con el tiempo, y venciendo el miedo, le comencé a sostener la mirada. Sus ojos de jade se clavaban en los míos hasta que yo sentía que me saltaban las lágrimas y entonces, avergonzado por la derrota, tenía que apartar mi mirada de la de él, que volvía a cerrar los ojos como perdonándome por haberlo desafiado. Y yo le temía y, sin embargo, no volví a llamarte. No te busqué para que vinieras, para que intentaras sujetarme de este lado esta vez a mí. Otras veces, Lope se quedaba mirando fijo la pared. Y de pronto erizaba los pelos del lomo y se cambiaba de sitio. A mí me asustaban aquellos movimientos, ¿para qué negarlo? Entonces decidía salir a dar un paseo. Pero pronto me envolvía una urgente, una inquietante necesidad de volver a mi cuarto y tirarme a la cama y mirar el techo. Pensé que quizás todos estos extraños impulsos eran producto lógico de la depresión que me causó lo de Nico, pero con el tiempo se me convirtió en una necesidad. Y por eso también te escribo. Para que entiendas que no hay nada que cuestionar. Que hay miedo y ganas de cerrar los ojos y salir corriendo de aquí, pero también hay un nervioso impulso por obedecer, por quedarme junto a Lope y saltar del otro lado.

Aquí te dejo esta carta que debo acabar pronto. Ya casi no puedo escribir. Las letras bailan delante de mis ojos y dibujan figuras geométricas extrañas, nuevas, plenas de infinitas posibilidades. Lope (a quien ya no temo) mira la pared y yo no tengo necesidad de mirar para saber que a él, tan extraño, tan como dios antiguo, también le fascinan las caprichosas geometrías que se dibujan inacabables sobre la pintura. Al principio yo no veía nada, pero después de un tiempo comencé a observar que la capa de pintura se volvía de pronto movible, se arremolinaba en el centro de la pared y se desplazaba hacia las esquinas, formando graciosos movimientos. Pasé semanas enteras tendido sobre mi cama, dormitando. Pensando o soñando (desde aquí es lo mismo) que de tu lado había una oficina, que había ordenadores, que había libros, televisores y pantalones. Las sombras ahora son de una transparencia opaca y no existe nada quieto. Ya no cuestiono nada. Puedo oír y verlo todo. El ruido rasante de las patitas de las cucarachas ya no me asusta. Al contrario, esos movimientos rápidos, nerviosos, horizontales me incitan a la acción. Nico se fue primero. Ahora sé que fue Ana, o Lope, o ambos. Ya no me preocupa. Muchas noches desperté aterrorizado por el recuerdo de los maullidos profundos y agudísimos que salieron de su habitación la noche que desapareció. Corrí a su cuarto y vi —ahora ya no estoy seguro— dos sombras gatunas, grandes y ágiles, que saltaban por la ventana y se perdían en los tejados, alejándose. Y alejándose también el ruido que producían los collares de Ana. Durante muchas noches me atormentó salvajemente el recuerdo de ocho patas silenciosas sobre el tejado. Durante muchas noches enloquecí recordando esas dos colas enormes que se mecieron por un instante bajo la luna sobre los techos vecinos. Recuerdo que casi sin sentido cerré la ventana y me apoyé contra la pared. Lope me miraba imperturbable desde su altura de dios pétreo.

Pero ahora ya no me preocupa nada. Pronto. Pronto. Debo acabar pronto. El lápiz se me resbala entre las uñas. Anochece y hay ganas de saltar y mirarlo todo. Ya casi estoy de este lado, donde todo será dormitar, salir, triscar y moverse siempre. Y será la luna allá afuera iluminando los rincones mientras se desdibuje el recuerdo de Sandra enloquecida, aterrorizada allá, del lado que también era mío; porque ahora, acá, de este lado, seremos nosotros y serán nuestros saltos y maullidos sobre el tejado.

1, 2, 3...R

a Christian Vilches

No podría decirse sin embargo que aquello era anómalo. Aunque era ésta la tercera o cuarta vez, ya ni seguro de eso estaba, que se empinaba en la punta de los pies mirando hacia arriba con la esperanza de que por fin se moviera la lucecita temblorosa que marcaba el ascenso diario, mecánico, repetitivo, varias veces al día, cinco días a la semana con la que realiza su rutina este ascensor de mierda, pensó, aunque para mí sean a veces seis; como la semana pasada semana pasada, que tuve que venir el domingo también; y más encima que el sistema de transportación pública de Chicago trabaja tan mal los domingos, maldita sea. Me hacen trabajar tiempo extra los cabrones y ni siquiera me pagan mucho más, mierda.

Pero ahora, nada. El ascensor no se movía. Y eso que ya se habían cerrado las puertas y todo. Bueno, en realidad no tengo por qué estar tan nervioso, total preocuparme: ésta no es la primera vez que uno de estos malditos ascensores se queda atascado en el primer piso antes de subir, volvió a pensar. Y, tratando de que pareciera lo más natural del mundo, esbozó una sonrisa tímida a la señora gorda y rubia que tenía a su izquierda y que no le quitaba los ojos de encima, como si yo fuera responsable de que estas cosas funcionen tan mal, carajo.

En realidad, sí que no era tan grave la cosa, pensó otra vez, una simple demora antes de que el elevador se decidiera a partir por fin. En todo caso el botón que decía *open door* estaba al alcance de su mano y si esto no parte en los próximos segundos lo hundo hasta que se abran las puertas. La otra posibilidad que empezó a considerar, a pesar suyo, era la de levantar el teléfono para llamar a los de *service* y esperar a que los sacaran de allí; aunque dudó casi enseguida ante esa alternativa al ver que las dos muchachas que estaban a su derecha bloqueaban con sus sombreros el supuesto cubículo donde debería estar el teléfono, lo que complicaba las cosas ya que habría que pedir excusas para hacer que se movieran y lo dejaran maniobrar; porque ellas, al parecer, no mostraban la menor intención de recurrir al aparato telefónico, hecho que confirmaba, pensó un tanto aliviado, que esa detención del ascensor se trataba de un incidente común y que no había por qué comenzar a demostrar nerviosismo ante una situación que seguramente habría de pasar pronto. Lo que no me explico es esa manía de mirarme que tienen estas dos muchachas también, a lo mejor tengo algo en la cara y esa flema anglo tan de los gringos les impide decirme algo, volvió a pensar; aunque él hubiera preferido que se lo dijeran en vez de mirarlo de esa forma tan fija o golosa, qué sé yo.

Para colmo de males, este aire acondicionado no funciona y ya me empiezo a sofocar aquí dentro, pero como ninguna de las otras personas parecía estar sudando como él, trató de sonreír o carraspear o hacer cualquier cosa para aliviarse de la impresión de que los dos viejos que estaban detrás lo empujaban un poco hacia las puertas que ya hacía bastante que se habían cerrado. Si por lo menos alguien más viniera a tomar el ascensor, pensó. Claro que habiendo tres elevadores más fuera de ése habría que esperar a que cada uno de ellos se llenara de gente, y luego subiera para que recién entonces le tocara el turno a éste de ser usado. Bueno, eso si es que éste funcionara. Si no, es cuestión de que a la gorda se le ocurra tirar la campanilla de alarma, aunque hubo de admitir que no sabría si eso daría algún resultado, ya que era común (una costumbre bastante traicionera) que los auxiliares encargados del aseo dejaran los elevadores detenidos en algún piso, con la alarma funcionando, mientras iban por un café o al baño. ¡De modo que eso es!, seguramente alguno de los encargados había hecho lo mismo otra vez y ahora él tendría que estar allí sofocado hasta que viniera el dichoso empleado con su humeante taza de café, pensó incómodo, no tanto por esta remota posibilidad (después se le ocurrió que, de ser esto cierto, el elevador tendría las puertas abiertas y además estaría repiqueteando la campanilla de la alarma), sino porque ya a esa forma de mirarlo que tenían los demás habría que darle alguna explicación lógica.

Entonces de pronto cayó en la cuenta de que ya hacía rato que los dos viejos que estaban detrás de él se reían y conversaban sobre algo que no alcanzó a discernir. Siempre tengo que poner doble atención cuando hablan en inglés, aunque ya llevo viviendo la pila de años en Chicago, pensó vagamente, y creyendo que hablaban de lo ridículo de la situación y de lo doblemente ridículo que resultaba no hacer nada, se volvió y se encontró con dos pares de ojos azules que lo miraban sonrientes a escasos centímetros de su rostro. Quiso librarse por última vez de la impresión de lo absurdo de todo aquello cuando vio a la gorda que se colgaba una servilleta al cuello y oyó un chasquido metálico proveniente de donde las muchachas. "Por fin han abierto la cajuela donde está el teléfono. Van a llamar", pensó con apresurado alivio y en el último segundo, justo cuando ocho pares de manos extendidas se le acercaron blandiendo tenedor y cuchillo, alcanzó a adivinar (más allá de los rostros desquiciados, rientes y con desmesuradas bocas abiertas que se le acercaban; más allá de esos sonidos guturales horribles que oía y más allá de su espanto inconcebible) alcanzó a adivinar que el teléfono jamás sería usado y que jamás nadie vendría al elevador porque ya a nadie le llamaba la atención el letrero de *Sorry Out of Order* que algún diligente encargado había colgado sobre sus dos puertas cerradas gritar algún tiempo atrás.

Diario en segunda persona

Para ti, Javier García.

La mañana. El sol. El espacio de luz entre las cortinas. El rayo de sol sobre tus ojos. El leve calor. La luz. El temblor de tus ojos. Unos parpadeos. Tus ojos abiertos pero tú (y aún después de siete horas de sueño), todavía cansado. Con el recuerdo del sueño tus ojos fijos en la pared. Las manchas oscuras. La humedad. El techo. Más manchas oscuras. Las telarañas. La hediondez. El baño descompuesto. Tu hastío. "Hasta cuándo. No más". Y ahora, de pie, con lentitud. La ducha con agua fría. La camisa de cuello gastado. La colonia barata. La copa vacía sobre la mesa, testimonio mudo de la soledad de la noche anterior. De todas. Y hoy, otro día. Otro café sin azúcar. Solo, completamente. Hacia el viejo elevador de aquel viejo edificio de departamentos. La puerta de calle. El tráfico. El ruido. La gente. Sus pasos. Sus voces.

Los vehículos. Sus motores. Las bocinas. Esas otras voces. La ciudad en ebullición pero, en realidad, sin ti. Hondo y resignado suspiro. Y ahora tú: "¡Eh, taxi! ¡A la oficina!" ¿Tu trabajo? Nada especial. Anónimo perfecto. Papeles, firmas y timbres oficiales sin voz. Tú, don Nadie. Nunca un amigo. Nunca una voz para ti. Nunca un amor. ¿Mujeres? ¿Para qué? Timidez crónica, lo mínimo, irremediable a tus cuarenta años. Tonsura sacerdotal, divertida. Dientes amarillos y mal aliento. Delgadez tísica. Tristeza en tu risa. Advertencia de soledad en tu mirada. "¡Hola, Pelao Martínez!" Tus amigos... Bueno, tus conocidos. Tus compañeros de trabajo. Y allá, en tu viejo edificio de departamentos, aparentemente con un fantasma y algunas migas de pan. También una mascota enferma: tu gato tiñoso y a veces hostil. Y hoy, esta mañana, otro día. La oficina otra vez. Y más café. Sin azúcar. Papeles sobre tu escritorio. Timbres oficiales. Tu cigarrillo. Tu hastío. Funcionario público. Sueldo miserable. Gratificaciones nulas. Tus miradas a nadie. La indiferencia. Nunca una mano, una palmada en tu hombro, un palmetazo en tu espalda: "¡eh, Pelao Martínez! ¡Navidad! ¡A la casa, al bar! ¡Un trago, hombre!". El invierno horrible, duro, contra la ventana de tu habitación. Las cosas siempre mal. Desde pequeño. Tus estúpidos sueños de universidad y medicina. La pobreza, la miseria: todopoderosas. ¿Tu madre? La sucia ropa ajena, trapera para los también sucios y ajenos pisos en barrios elegantes. El reumatismo. Los huesos y el corazón rotos. ¿Tu padre? Perfecto desconocido. Marinero mentiroso, hermosos ojos oscuros, narrador de mágicas leyendas de otros mundos, encantador de serpientes. Embustero capitán

Nemo. ¿Tu trabajo? Aceptación en el primer intento. Suerte increíble, casualidad pura. ¿Cuánto tiempo atrás ya? Veinte años. Quizás más. Lentos como caracol, viscosos como mierda, vacíos como el aire, sordos como Dios. Y hoy, más papeles, números burlones: "¡Eh! ¡Pelao Martínez!" Pero hoy, no más. "¡No más!". De prisa, a la calle. Consternación en la oficina: "Este Pelao Martínez, tan raro como siempre… Sí, siempre lejos de todos… incluso del jefe y de su oferta de aumento de sueldo, niña por Dios… ¡Pero por qué..! Pelao Martínez… Tan raro". Sí; tú, Pelao Martínez, lejos de todos nuevamente (y ahora ya en la calle y a dos cuadras detrás de ti la oficina y los consternados). "¡Eh, taxi! Al bar, rápido". Tu vida entera en una copa. Tus sueños en un sorbo. En miles de sorbos. El alcohol. La vida. Volátiles. Engañosas cosas. Mentiras. Olvidos. "No más". No más con la oficina. Con las migas de pan. No más con el gato y con la pensión. Y entonces a trastabillones al baño del bar y desde uno de tus bolsillos la navaja, claro. ¿Tu vida? Una cárcel repleta de hastío y tristeza. ¿Tu alma? Tan sólo un motor. La última caricia (mentalmente al menos) allá, al gato. Al fantasma. A la pared. A las manchas oscuras. A todas. Al techo. A las telarañas. Y acá, en el baño del bar, la navaja en tu mano. Tu adiós a nadie. Tu cuello. Tu sangre. Tu alivio.

Gestos

Apenas llegue Manolito a la tarde se lo voy a contar. A él le cuento siempre todo. Yo sé que no se va a enojar, pero si se lo digo a mi mamá ella sí que me va a regañar porque siempre me dice que no salude a los desconocidos en la calle, aunque mucha gente todo el tiempo me mira en la calle y me dice: "hi". Lo que pasó, Manolito, le voy a decir, es que ese señor parecía tan simpático detrás del cristal del autobús de la Western Avenue. Después de todo no fue mucho lo que lo miré, sólo el instante que toma la luz del semáforo para cambiar de un color a otro, fíjate tú. Primero fueron unos golpes sobre el cristal. Nosotras íbamos pasando por la acera; te juro, Manolito, que yo no me iba a volver, y menos si iba con mamá, pero no sé por qué viré la cabeza y ahí lo vi a él, con la cara pegada al cristal, las manos empuñadas golpeando el vidrio y mirándome fijo con unos ojos así de abiertos. A mí me dio risa porque me acordé del abuelito cuando juega conmigo al lobo en el bosque y él también abre así de grandes los ojos, como los de los MInions que ve mi hermano mas chico en la tele después que mis padres cierran la puerta del departamento con llave cuando se van a la fábrica a trabajar.

Entonces fue por eso que le sonreí a ese señor del autobús, pero por nada más, en serio. Lo más raro, Manolito, fue que ese señor no me sonrió de vuelta, sino que agitó aún más los brazos y esta vez abrió la boca, bien abierta, como la del lobo y Caperucita. Yo levanté los ojos hacia mamá y ella estaba mirando la luz, atenta a que ésta cambiara para poder cruzar de una vez, así que parece que ni se dio cuenta cuando yo levanté la mano y saludé al caballero del autobús que seguía golpeando el cristal y mirándome con la boca abierta.

¡Mierda! Yo sé que el cabrón del chofer ya lo vio pero, seguro, tiene miedo de él y se está haciendo el tonto con la vista fija en el semáforo. No entiendo por qué no quiere hacer nada por ayudarme. Tampoco entiendo por qué nadie más toma el autobús. Me han dejado sólo con esto tratando de controlarlo y convencerlo para que vuelva al asiento. Esta cosa tiene un genio terrible y si se enoja me puede morder la cabeza, porque así lo acostumbraron, yo no sé por qué. La culpa es de mi hermana que siempre lo consintió en todo y ahora no la respeta, ni siquiera cuando lo encadena; y eso que a ella siempre le obedeció, pero ahora, nada. Es capaz de treparse a la cabeza a ella misma también. A mí no me obedece tanto como a ella. Más bien le tengo miedo. Mierda, a quién quiero engañar: Le temo horriblemente; aunque, si mal no recuerdo, fui yo el que

una vez lo tranquilizó para que ya no aullara, ni gruñera o gritara más y desde ese día que mi familia cree que me respeta. Pero no es cierto. *La verdad es que esta mierda ahora ya no respeta a nadie y más encima soy yo el imbécil que lo tiene que sacar a pasear, pero (y estoy consciente de que decir esto a mi edad es ridículo) igual le tengo miedo y me da vergüenza salir con esta cosa porque la gente empieza a mirarnos y a murmurar, y poco a poco todos se van apartando y dejan un círculo vacío alrededor de nosotros dos, los muy malditos y a mí me da miedo que se pueda enojar porque entonces rompería la cadena que lo sujeta a medias y no sé qué sería capaz de hacer, entre tanta gente y con este calor de mierda del verano de Chicago. No se trata simplemente de ir a la policía o ponerse en contacto con el FBI o alguna agencia de esas. No, señor. Y mas encima con mi situación de inmigrante sin papeles en este país del carajo. Por eso, porque todo es complicado y porque todo está conectado, ahora el chofer no quiere hacer nada, porque le tiene miedo también, estoy seguro, y sólo se empeña en mirar hacia la luz y esperar ansioso a que la mierda ésa cambie. De modo que mi única alternativa es que esa señora que está en la esquina me pueda ayudar, pero no me mira y esa niña estúpida que la acompaña no cesa de sonreírme, como si yo estuviera jugando... ¡ah! Ya está, lo sabía, Dios mío, se soltó no más y ha venido hasta mí. El primer ataque y justo en la rodilla, ¡qué dolor, Dios santo!... Si hasta se me nubla la vista. Ahora esto ha retrocedido y ya empieza a babear, a gritar y a saltar de gusto. ¡Señora, señora! Pero es en vano y me rompo los puños contra esta maldita ventana, pero ella no me mira y la niña ésa solo me hace señas la muy estúpida y... ¡aaaay! otra vez, pero, ¿por qué estará tan enojado conmigo?... ¡Señora, señora, por Dios, mire que ya se me ha trepado por la espalda! ¡Dios, que no me llegue a la cabeza, por favor!... Me deja y retrocede por el pasillo y ataca de nuevo y la luz maldita no acaba de cambiar, quizás con la velocidad del arranque él perdería equilibrio y rodaría por el suelo. Me agarró la cabeza y me la presiona contra el vidrio de la ventana, la nariz me va a reventar, la lengua se me aplasta contra el cristal, ¡señora, señora! Es inútil, ella nunca mirará para acá porque ya comienzan a cruzar la calle y la niña estúpida ésa seguirá saludándome para siempre como si se hubieran puesto de acuerdo para acabarme entre ella y el chofer... Y aquí esta cosa horrible ya se me encaramó por la cabeza y con horror alcanzo a ver sus dientes pequeñitos y afilados acercándoseme golosos.*

De modo que apenas llegue a la tarde le voy a contar que lo más divertido de todo, Manolito, fíjate tú, fue que el señor se veía súper gracioso haciendo esas muecas. Si lo hubieras visto, Manolito, la nariz retorcida contra el vidrio, los dientes y la lengua pegados al cristal, la saliva chorreando por todas partes y a que no sabes qué, al final, justo cuando la luz cambió y nosotras comenzamos a cruzar la calle, el señor cerró de golpe los ojos y alguien o algo, no sé (tú ya me conoces, yo nunca sé de estas cosas, mi mamá siempre me lo dice: "tú nunca sabes de estas cosas"); bueno pues, te decía que alguien o algo detrás de él lanzó un poco de algo que ensució todo el vidrio de la ventana. Algo como témpera del mismo color con el que la tía Eulalia pintó las rosas del mantel.

DIOS

Acéldama

Después de tu traición, el dinero. Después de tu sentimiento de culpa, el terror. Después de inútiles "por qué", el absoluto y también inútil arrepentimiento. Entonces la cuerda y la rama débil de ese árbol. Después, muy de mañana, aún oscuro, un labriego, tal vez. Testigo de tu cuerpo sobre la hierba, cara al viento y a esa madrugada. Y tú allí, aún con vida pero con estertores y en ellos las caricias de la muerte. Además, tu sangre, a borbotones. Imparable. Ésta de tu cuerpo al hocico de unos voraces perros hambrientos. Entonces la historia y tu nombre. Para siempre. Judas.

De aprendices de poeta y de insecto

a O. M.

Mira, como ya de verdad no importa lo que yo te diga (porque nada importa ya; nada), entonces tampoco importa que te repita que Cornelia Muriel siempre pasó por intelectual bastante limitada entre nosotros; allá, en la universidad. Recuerdo que nos burlábamos a escondidas de sus poco iluminados comentarios cada vez que algún profesor nos daba la oportunidad de participar en clase. A Raúl y a mí siempre nos dio risa sus atuendos de revolucionaria izquierdista y falsamente progresista; su porte como de niña-monja; sus ademanes de "iluminada del medioevo", solía llamarla Raúl; y su comedido (eso era lo que a mí particularmente me enardecía, aunque no sé por qué; pero, te repito, ya no importa lo que te diga ahora, ¿no crees?); te decía que me molestaba mucho su comedido y delicado tono de voz con el que parecía estar invocando ridículamente a alguna antigua musa. No me digas que no recuerdas o que tampoco te llamó la atención el hecho de que Cornelia siempre hablara mirándote fijo, casi sin pestañear y con su cara muy cerca de ti, lo que no me hubiera parecido molesto si es que no fuera por el hecho de que Cornelia era bajísima, de modo que para hablarte tenía que empinarse en la punta de sus pies. Y más encima estaban (no me digas que no te acuerdas, por favor) esas sonrisitas idiotas que te enviaba cada dos segundos cuando hablaba contigo y esos comentarios absurdos que me hacían de veras dudar de su salud mental. "¿Crees tú, Bernardo —me decía— que las hadas andan sueltas esta noche?" ¡Por favor, imagínate! Dime tú, ¿qué se suponía que pensara yo?

Pero claro, después de lo de esta noche ya qué importa lo que yo piense; aunque, para decirte la verdad, Graciela, no me atrevo a pensar nada. Lo que nunca voy a terminar de explicarme (te lo confieso con un resto de envidia) es la facilidad que tenía Cornelia para encontrar casas editoriales que le publicaran sus poemas. Claro, pues. Esos mismos poemas que, en largas juergas de alcohol y bohemia, Raúl y yo solíamos destrozar de forma inmisericorde. "No sean así, muchachos, ¿por qué se ensañan así?", nos reconvenías tú. "Lo único que se necesita para escribir poesía es ser poeta", te decía yo, completamente borracho y a modo de respuesta. "Algún alma caritativa debería decírselo a Cornelia", concluía yo y Raúl, más borracho que otra cosa, se revolcaba de la risa. Es imposible que no te acuerdes, Graciela. Nunca supe, te lo repito, cómo lograba Cornelia convencer a las editoriales que le publicaran esos poemas buenos para nada (te digo que ya no importa lo que piense). Supongo que te acuerdas que yo llevaba tiempo tramitando la publicación de una novelita menos que mediocre. Con cada negativa de las editoriales (y fueron muchas las que recibí, ¿recuerdas?) aumentaba la herida de mi orgullo propio y mi disgusto con Cornelia. Por eso que acepté hace un par de días tu invitación para asistir a la presentación de su nuevo libro de poemas, porque pensé que esa sería la oportunidad perfecta para poner a Cornelia en ridículo ante todos (especialmente ante algún académico o docente que estuviera presente allí), lo que ayudaría —eso fue lo que pensé—a mi bastante deteriorada imagen de intelectual medianamente talentoso.

Una vez comenzada la lectura de ella esperé con impaciencia el momento de hablar. Tú algo notaste y me lo preguntaste, ¿recuerdas? No me digas que no, Graciela. Recuerda la mirada significativa que me echaste cuando me reí burlonamente porque Cornelia justo leía aquel poema en el que juraba volar y conocer, libélula rebelde, decía, desde la altura los secretos nocturnos de esta ciudad insomne, decía. Tú me mirabas como reconviniéndome por mis risitas burlonas, de modo que no sé si te diste cuenta; pero te lo pregunto ahora: ¿qué imágenes sensibles, que fluyeran con comodidad y qué ritmo había en el poema? ¿Qué juegos de palabras, de sonidos, de metáforas? ¿Te pareció a ti, sé sincera, que en algún momento Cornelia se atrevió a respetar la métrica de versificación? Apenas oí aquello de Cornelia siendo una mariposa gigante que sobrevolaba la ciudad me puse de pie y le dije cosas terribles, ¿recuerdas? Le dije que aquello parecía un insulto, una burla; que aquello no era poesía y que esa no era forma de escribirla; que lo sentía no sólo por ella y por el demasiado amable público que sufría aquella lectura, sino también por los jefes de edición que no sabían leer ni tenían idea de literatura. La gente del lugar estaba muda, tú y Raúl (supongo que a él no lo has olvidado, ¿no?) me miraban atónitos. Hasta recuerdo que tú, me dabas pataditas o me tirabas de la manga para que me callara. Y, ¿sabes qué? (no te lo había podido decir antes, pero te lo digo ahora), mientras yo peroraba comencé a notar dos cosas. Primero, que no era tan cierto lo que yo decía, puesto que había podido visualizar mentalmente a Cornelia mientras volaba. Los sonidos de los versos me habían ayudado mucho y que, conociéndola, no sonaba tan fantástica después de todo la idea de imaginar a una Cornelia que surcara el nocturnal cielo de Chicago; y, segundo, la única reacción de Cornelia a mis palabras no había sido otra que su eterna sonrisita idiota en la cara. No dijo nada, no hizo nada. Sólo se sonrió. Debo confesarte que fue eso lo que más me enardeció. ¿Por qué no se defendió? Ni siquiera me insultó (ahora entiendo por qué, claro). Yo salí de la sala de lectura a grandes zancadas y (te lo confieso) exagerando mi enfado. Su paciencia me pareció algo horrible, casi material, algo así como viscoso. Y te juro que por un segundo se me ocurrió pensar en la paciencia que han de tener las libélulas…. Sí, libélulas, que revolotean por ahí…. Qué sé yo…

Fumando como un enajenado en un bar, la madrugada y el whiskey me ayudaron a rumiar la extraña sensación que tenía. Te lo digo ahora: no era enojo, no. Era como sintiera que había algo que se me había estado ocultando y ahora lo desplegaran ante mí; pero no me parecía real lo que vivía, me sentía rodeado por la misma sensación de extraña, blanda y lenta naturaleza con que están hechos los sueños. Al amanecer llegué a mi casa y decidí esperar la salida del sol en la azotea. Fue entonces que la vi. ¿Y sabes qué, Graciela? Ahora caigo en la cuenta, maldita sea. Tú también la has visto así, ¿no? Tú también entendiste que *eso* es Cornelia, ¿no? El mismo cuerpo bajito y ridículo; la misma eterna e idiota sonrisita a flor de labios; la misma vocecita aflautada, como un zumbido (sí, 'zumbido', y no me importa llorar ahora, ¿sabes?), esa vocecita delicada que me exasperó siempre; en fin, era la misma Cornelia de siempre. Excepto que ahora me miraba desde arriba, sosteniéndose en el aire con esas dos alas monstruosas que agitaba de forma horrible.

Mascotas

Perdone que le haya hecho venir tan tarde, profesor, ya sé que andará usted muy ocupado con los preparativos para su nuevo viaje a España y todo eso, pero lo mío no le va a tomar mucho tiempo. Pase, pase, por favor, no se quede parado en la entrada, mire que los chismosos que tengo por vecinos no tardan en asomarse a las puertas del pasillo. Eso es lo malo de vivir al fondo del pasillo, en el último departamento: todo el mundo se entera de quién viene y por qué. Ya sabe, las paredes delgadas, los ojos de buey, la gente ociosa y todo eso; al final, todo el mundo averigua la vida privada de una. No hay intimidad en lo absoluto. Ya ve, fueron ellos los que llamaron a la policía cuando lo de mi esposo. ¿Por qué no se sienta, profesor, por favor? Perdone el desorden, la verdad es que debería haber recogido un poco, pero con todo el trabajo que me han dado esas criaturas; ya sabe, cuidarlas, tratar de mantenerlas quietas (tarea dificilísima, por lo demás), correrlas del armario, en donde gustan anidar, esconderlas, todo eso; éstas son las actividades que más tiempo me toman. ¿No le gustaría una taza de té? Está sudando, ¿tiene calor? Perdone el encierro y el hedor, son ellos, ¿sabe? Espero que no le incomode mucho. No me mire así, por Dios. Permítame recordarle, que fue usted precisamente quien le dio la idea a mi marido, ¿se acuerda? Escriba algo fantástico, le dijo. Total, Bernardo, siempre hay gente interesada en ese tipo de literatura, aunque haya pasado un poco de moda, agregó usted, ¿recuerda? Y, claro, el pobre de mi marido que no hacía otra cosa que obedecerle en lo que usted le dijera, empezó a escribir y a escribir como frenético. Tiró muchas cuartillas a la basura, ¿sabe? Cientos de ellas; y se lo pasaba caminando de arriba a abajo por este departamento. Vas a hacer un hueco en el piso, le decía yo, pero él ni me miraba, lo único que hacía era escribir y tachar lo escrito. Escribir y tachar. Hasta que un día ya no tachó más y con una mirada febril y un rostro cambiado que yo jamás le había visto: ¡por fin! me dijo, ya he acabado mi cuento fantástico; y fue así como me enteré de esas cosas, ¿sabe? Siéntese, profesor, usted no se va de aquí hasta que yo termine de contarle todo; aunque supongo que usted algo sabrá, mi esposo le comunicaba todos sus adelantos literarios, ¿verdad? Imagino que, obviamente, éste también. Claro, al principio no hice mucho caso, total todo era producto de la imaginación excitada de mi esposo. Algo asqueroso, le dije cuando me preguntó qué opinaba yo de estas criaturas.

Eso fue al principio, pero cuando una noche nos despertamos por un ruido que venía de la cocina, me alarmé y pensé en hablarle a usted: eran ellas. Solamente usted lograría convencer a Bernardo que dejara de pensar en esos bichos asquerosos para que volvieran a la nada de donde habían salido. Pero fue ese tiempo el que coincidió con su viaje anterior al que prepara ahora, de modo que me fue imposible comunicarme con usted, hasta que... bueno, hasta ahora. Usted no tiene idea lo que es despertarse a medianoche por el ruido incesante de cientos de estas cosas masticando y engulléndolo todo. Al principio eran pocos y se deshacían con la luz del día, pero a medida que mi esposo les fue pensando cada vez con más fuerza y más concentración se fueron volviendo monstruosos y tercos. Mi esposo no cabía en sí de alegría al ver tan perfeccionado su cuento fantástico. Tanto, que ni parecía darse cuenta de los destrozos que esas asquerosidades iban dejando en el departamento. ¿Ve usted esas paredes rotas y rasguñadas? ¿O esas sillas roídas y casi deshechas? O ahí, en ese mismo sofá en donde está usted sentada ahora, ¿no percibe ese maldito hedor nauseabundo? Toque el cojín del sofá, vea qué húmedo está, son las excreciones de esos bichos asquerosos. No, no se levante del sofá todavía, profesor. Usted no va a ninguna parte. Y no grite ni se me resista ni me empuje que los vecinos van a oír. Y esta vez puede que averigüen todo. La primera vez no fue difícil esconderles. Eran pocos y bastó con agarrarles, no sin asco, con un guante y encerrarles en el boquete de la pared que disimulé con un sillón. Sospeché la verdadera situación desde el principio. Yo sabía que mi esposo no iba a desaparecer, ni me iba a dejar así porque sí, y después de que se fue la policía le llamé a usted, aprovechando que los asquerosos ésos dormían la siesta de digestión. Sí, no me mire así, de digestión le digo, porque lo único que rescaté de Bernardo fue un zapato y estos trapos masticados y vomitados; quizás la tinta, la textura, no sé; algo no les gustó y dejaron esto. Y usted, profesor, algo sabía, ¿verdad? No niegue, siéntese y no ponga esa cara, porque yo sé que un día mi esposo le comentó que cada vez le costaba más trabajo gobernar a esas criaturas y usted le dijo que su imaginación le estaba poniendo en ridículo, que nadie le publicaría a alguien que andaba hablando estupideces sobre no sé qué extrañas criaturas roedoras, que un escritor andaba presentable y aseado y no como usted, Bernardo, que anda sucio y maloliente, le dijo; y, ¿sabe qué, profesor?, yo me río en su cara mil veces, porque ellos no perdonarán nada y su nariz y sus ojos y todo usted desaparecerán en segundos entre sus dientecillos afilados y alargados por una semana entera sin comer ni roer nada. A punta de cuchillazos y escobazos les he mantenido dentro del boquete esperando a que usted viniera, y no saca nada con gritar ni empujar ni patear, no logrará desprenderse de ellos que saciarán su hambre terrible en minutos y la policía no encontrará nada y aunque yo contara la verdad, nadie me creería porque, como usted mismo le dijo a mi esposo, nadie se toma en serio un cuento fantástico en estos días.

Báratro

"...y en la puerta grabó su altanería: Prohibido entrar a Dios."

Víctor Hugo

Te miro fijo temblorOsO desde el fOndO acuOsO de mi alma gelatinosa te miro fijo mil figuras con mil ángulos siluetas colores franjas y astillas de miles de fosforescencias que se mecen al compás de un océano de mágicas existencias borrachas de luz y ahítas de color y por momentos parezco multiplicarme en una y mil peripatéticas esferas de todos los tamaños un morbOsO estanque lleno de OjOs que no pestañean jamás que te cubren cOmO el velo de una macabra catarata un OjO y miles más que repiten la mirada última y atónita de tu melliza sangre asesinada te miro fijo temblorOsO desde el fondo de tu pánico inverosímil desde el fondo profundo de tu propia mirada atónita que en vano se esconde en las perspectivas más increíbles y en vano huye revolcándose en la oscuridad subterránea porque yo siempre estoy ahí presente de hierro inexorable implacables mis cilios bailan un compás desenfrenado animados por la brisa de la venganza que se alza inevitable sobre tu cabeza encanecida y cansada te miro fijo temblorOsO y todo tú te me antojas cóncavo cada vez que alzas tu mirada buscando implorante sin encontrar la mía pero sabes para siempre que soy inmisericorde sabes que siempre hallarás mi mirada allí hasta el fin del último final que se alza eterno en la eterna repetición del tiempo infinito y cuando después de retirar tu mirada de lo alto en donde me encuentro implacable mirándote siempre y vuelves tu vista al suelo en donde esperarás como siempre encontrar un alivio mínimo pero me encuentras a mí otra vez mirándote fijo te me antojas entonces convexo en tu inútil esquivar me miras a mí al OjO que no te deja y sOlO ves el glObO acuOsO y brillante que no te da reposo ni de día ni de noche porque soy la sustancia gelatinosa e indescifrable con un OjO como un círculo del cOlOr más negro en el centro que parece moverse independiente incluso de mi propia voluntad mis pestañas inútiles porque jamás parpadean pues sólo están ahí porque yo las puse ahí para que te atormentaran eternamente con su baile esquizofrénico donde parecen enredarse una y mil veces cada cilio en una danza desenfrenada loca fornicadora desordenada plena de aullidos horribles que se proyectan cada siglo en la eternidad absoluta yo soy el OjO eterno que vive porque tú vives yo soy el OjO eterno que soy porque tú quieres que yo sea imperecedero al tiempo y al espacio conocido porque estoy soy dentro porque soy estoy afuera porque no hay escapatoria porque soy tu vida misma porque seré siempre hasta el fin de todos los tiempos infinitos porque estaré siempre aquí como almena eterna hasta que desde el fondo nebuloso de la sima de los vapores del olvido surja limpia e inmune a la roña del tiempo y a salvo del légamo mendaz de los apócrifos acólitos (las áspides más malditas) y hasta que surja verdaderamente eterna la más pura verdad estaré sobre ti el primer y único sicario primer hijo del extravío avilantez y del miedo estaré oteando incansable sobre ti hasta que se reconozca la verdad más verdadera y justa estaré mirándote fijo temblorOsO hasta que no quepa duda ni siquiera en el más recóndito rincón de todos los universos reales e imaginarios que esa tarde de otoño perdida en el tiempo el más execrable de los hombres apuñaló a su hermano no dormirás no dormiré no dormiremos hasta que se sepa con la fuerza convincente de mil mares de añil y OrO que fue Abel el que mató a Caín.

Lights Out

—Es muy tarde. Todos a dormir—, dijo la mamá y apagó la luz.

—Es muy tarde. Todos a dormir—, dijo Dios y apagó la luz.

Bernardo E. Navia nació en Chile. Cursó estudios básicos y secundarios en diversas ciudades de ese país. Después de vivir y viajar por varios otros de Latinoamérica y Europa, cursó estudios superiores de Literatura latinoamericana obteniendo el grado de Doctor, que le fue conferido por la Universidad de Illinois en Chicago en 2002. Ha publicado prosa y poemas en diversas revistas y periódicos literarios, tanto en Estados Unidos y Canadá como en Latinoamérica y Europa. Asimismo, ha colaborado con artículos, ensayos, cuentos y poemas en diversas antologías y revistas literarias (por ejemplo, en Estados Unidos: *Susurros para disipar las sombras*, Erato: Chicago, 2012; *Vocesueltas: Cuatro cuentistas de Chicago*, Vocesueltas: Chicago, 2007; *Contratiempo, Zorros y Erizos, Abrapalabra, Fe de Erratas*; en Chile: *Descontexto, Voces Online* entre otras). También ha publicado un libro de poemas (Betania: Madrid, 2002). Actualmente se desempeña como profesor de español en la Universidad de Illinois en Chicago.

www.ingramcontent.com/pod-product-compliance
Lightning Source LLC
Chambersburg PA
CBHW020914180626
46816CB00007BA/2394